PRÉFACE

Il y a encore à peu près un siècle, les œuvres de la peinture, de la sculpture et du théâtre avaient comme honte de n'être qu'elles-mêmes et mettaient en avant, pour justifier leur existence et affirmer leur valeur, leur filiation avec des modèles tirés du réel ou du vraisemblable. Cette tendance, beaucoup plus large et plus ancienne que ne l'est l'esthétique réaliste, s'est imposée au théâtre, en particulier pour la comédie, considérée depuis Molière comme peinte « d'après nature », faute de quoi elle serait insignifiante. Cette vision des choses a la vie dure et détermine encore bien des analyses et des mises en scène. Ainsi, si l'on envisage la question par le petit bout de la lorgnette en prenant l'exemple d'une piécette comme On purge Bébé !, *on se rend compte que non seulement le témoin oculaire que fut Jacques Feydeau*[1]*, mais aussi la critique du*

1. On attribue ces propos au fils de Georges : « À ma mère qui lui disait un jour qu'elle aimerait volontiers toucher des

temps[1] *(et d'aujourd'hui pour une large part), n'ont jaugé et apprécié la pièce qu'à l'aune de son rapport avec le vécu, de son « rendu », selon le terme pictural. D'où l'idée, devenue vulgate, qu'avec cette pièce, mais déjà avec* Feu la mère de Madame, *et bientôt avec* Hortense a dit : « Je m'en fous ! » *et* Léonie est en avance, *Feydeau, en panne d'imagination créatrice, aurait abandonné la fantaisie poussée jusqu'à l'absurde qui fit les beaux jours de ses vaudevilles et de ses comédies d'intrigue pour se tourner vers la comédie de mœurs et d'observation, précise et cruelle à proportion même de cette précision. Les relations orageuses de Feydeau avec sa femme étant à lire en filigrane, et les femmes étant, du coup, les principales victimes de ce jeu de massacre minutieux. Faisant entrer sa vie privée dans son théâtre, Feydeau aurait changé de manière pour « se rattacher à la grande comédie*[2] *», celle de Molière bien évidemment. À y regarder de près, les choses apparaissent beaucoup plus nuancées.*

---

droits d'auteur : "c'est ce que tu fais depuis que nous sommes mariés", lui répondit mon père » ; ou : « Quant à l'enfant de *On purge Bébé !*, c'est moi qui en ai été le témoin et les choses se sont passées à peu de chose près comme dans la pièce », confidences tirées de « Feydeau vu par son fils », *Tribune de Genève*, 8 mai 1962, et reprises par Jacques Lorcey, *Georges Feydeau*, La Table Ronde, p. 203.

1. Voir *infra*, la notice.

2. Selon le mot de Gaston Sorbets rapporté par Henry Gidel, p. 172 de son édition du *Théâtre complet* de Feydeau (éd. Garnier, tome IV, 1989). Je dois à H. Gidel plusieurs remarques et références intéressantes.

L'irruption du réel

Un habitué du théâtre de boulevard ne pouvait pas ne pas avoir ri à gorge déployée à l'une ou l'autre des pièces de Feydeau : à La Dame de Chez Maxim *dont on fêta la 600ᵉ en 1906 et qui fut reprise aux Bouffes-Parisiens en 1910, l'année même de la création de* On Purge Bébé ! *; à* La Duchesse des Folies-Bergère, *créée en 1902; à* La Puce à l'oreille, *en 1907; à* Occupe-toi d'Amélie, *en 1908 et, la même année, à* Feu la mère de Madame *avec, dans cette pièce comme dans toutes les précédentes nommées à l'instant, l'incomparable Armande Cassive*[1]. *Cassive, devenue la comédienne fétiche de Feydeau, et qui le restera puisqu'elle créera ses autres pièces en un acte et s'illustrera à nouveau dans maintes reprises de ses pièces longues. Aussi, si la présence éblouissante de Cassive dans toutes ces œuvres de Feydeau les liait d'une continuité certaine, le spectateur dut être d'autant plus éberlué et muet d'admiration de voir Cassive assumant, dans* Feu la mère de Madame, *le contre-emploi d'une petite bourgeoise acariâtre, alors qu'on l'avait habitué jusqu'alors à l'élégance et à la distinction mondaine et demi-mondaine de la diva, à la fascination de sa beauté sensuelle, au tourbillon de sa souplesse de dan-*

1. Voir *infra* la notice.

seuse, à son abattage et à son dynamisme de meneuse de revue.

Voici tout à coup Cassive saisie dans l'intimité d'une femme aigrie, échangeant avec son mari des injures directes dans un langage vulgaire ponctué de bourrades : quelle surprise ce dut être pour un spectateur de 1908 de la surprendre au saut du lit, en chemise de nuit, en cheveux *(comme on disait à l'époque), attifée à la va-vite, sans corset,* « pieds nus et jambes nues » *et chaussant les pantoufles de la médiocrité ! Qui plus est, constamment désagréable : voix aigre passant de l'humeur au sarcasme, mélodramatique de désespoir excessif ou fulminante de colère,* « avec un rictus aux lèvres ». « Rageuse » *et* « narquoise », *elle brutalise sa chiffe de mari qu'elle fait pivoter comme un toton : véritable diable à ressort doté d'une énergie inépuisable, à qui il ne manque que de cracher du feu pour rendre la situation infernale.*

Qu'on prenne garde cependant que Feydeau sait exactement jusqu'où aller trop loin pour ne pas détruire complètement l'image que Cassive a imprimée depuis une dizaine d'années dans le souvenir de ses admirateurs. Or qu'est Cassive sinon le symbole même de la femme-femme, maîtresse en séduction et sachant jouer comme personne de ses charmes ? Son nom de scène, même, n'évoque-t-il pas directement le mot « lascive » ? Feydeau n'oublie pas que la grivoiserie est le fonds de commerce inépuisable du théâtre de boulevard et, en conséquence, une buée d'érotisme baigne la pièce : du début (une femme en chemise, pour ainsi dire ramenée à l'état de nature — sans toutes ces couches compliquées de « tulles » et « fanfreluches[1] *» qui harnachent les femmes — a un pouvoir érogène évident*[2]*) à la fin (avec le « j'ai les seins en portemanteau ! » indigné), le thème de la méprise sur la mort de la mère de Madame est doublé, voire occulté, par le thème gaulois. En mots, avec les allusions aux seins nus du modèle que Lucien a eu le plaisir d'admirer lors de la soirée dont il revient costumé en Louis XIV, en gestes avec la comparaison des seins de la bonne avec ceux de Madame et la stratégie de dévoilement (partiel) de ses appas auquel Yvonne se prête bien innocemment devant Joseph, on ne quitte guère de vue et de sujet ce qui touche au corps de la femme : Joseph, faux messager de la mort mais vrai représentant du spectateur sur le plateau, se fait pour lui le voyeur et le bénéficiaire des charmes d'Yvonne. Pour la transporter évanouie, il plaque ses deux mains sur ses seins et, fasciné, il la regarde de près puis de loin se déshabiller puis se rhabiller au*

1. Pour reprendre le mot qu'utilise Ventroux dans *Mais n'te promène donc pas toute nue !* pour se plaindre des dépenses excessives de sa femme.

2. Le déshabillage progressif, qui ne s'appelle pas encore strip-tease, a donné lieu dans le « théâtre réaliste » de Frédéric de Chirac à des spectacles spécialisés dans les *Couchers d'Yvette* (1894 et années suivantes). Procès et interdictions s'en sont suivis. Voir l'entrée « théâtre érotique » in *Dictionnaire encyclopédique du théâtre*, Bordas, 2008, p. 504-505.

grand scandale du mari qui le rappelle à l'ordre de la décence[1].

On le voit, avec Feu la mère de Madame, *Feydeau n'entre que par la bande dans le théâtre d'orientation sociale, restant fidèle à l'érotisme plus ou moins diffus de ses œuvres antérieures. De plus, dans sa misogynie et sa peinture sarcastique des couples, il ne fait qu'emboîter le pas, avec retard, aux Courteline, Tristan Bernard et autres Jules Renard. Il y a dix ans que le premier tympanise la traîtrise des femmes (*Boubouroche, *1893), leur puérilité (*La Paix chez soi, *1903) ; que le deuxième pointe (avec beaucoup d'artifice) leur appétit sexuel et leur rouerie pour parvenir à leurs fins (*Le Poulailler, *1908) et le troisième leur méchanceté venimeuse (*Poil de carotte, *1894)*[2]*. Encore qu'il ne*

1. À la scène III, tome IV, p. 39 de l'édition Garnier, *op. cit.*
2. Pénétrant à l'intérieur du crâne de Feydeau pour expliquer le tournant de son inspiration, Henry Gidel lui prête ces pensées au moment d'écrire *Feu la mère de Madame* : « Il lui faudrait trouver, se dit-il, un sujet de querelle initial, quelque chose de très classique, de très courant, qui entraînerait de manière irrésistible d'autres disputes, celles-ci en engendrant à leur tour de nouvelles. On aboutirait ainsi à une sorte de déballage général des griefs mutuels, à une gigantesque lessive conjugale, très sinistre sans doute, dans son essence, mais puissamment comique par la mesquinerie des détails pris sur le vif... En somme une *tranche de vie* naturaliste mais sauvée de l'ennui et de la laideur par un rire qui balaierait tout » (*Georges Feydeau*, Flammarion, 1991, p. 213). Cette proposition, tout imaginaire qu'elle est, a l'intérêt de souligner, chez l'écrivain, le souci d'une structure dramatique originale et pas seulement le désir de tourner en farce ses démêlés conjugaux.

faille rien exagérer et que la peinture des travers des femmes chez les susnommés tienne plus, à de rares exceptions près, du topos[1] *et de la caricature gratuite que de la chose vue et vécue. Feydeau doit néanmoins à ses devanciers le stéréotype de la femme forte — de la virago plutôt, tellement elle est irascible et acariâtre*[2] *— et du mari faible, passant de la révolte à la résignation, de la brusquerie à la soumission.*

Il faudra cependant attendre encore deux ans pour que, avec On purge Bébé !, *Feydeau accentue le caractère de son observation, je ne dis pas naturaliste, mais vraisemblable jusque dans l'excès : observation d'un nouveau personnel dramatique où les femmes, dragons de vertu, respectent strictement leurs devoirs d'épouses et de mères, où les maris ne courent plus la prétentaine mais, rivés à leur métier et au domicile conjugal, sont confinés dans leur « ménage ». S'exerçant en vase clos, la cruauté du trait, qu'il parte de la femme ou de l'homme, y paraît la conséquence naturelle d'une haine recuite.*

1. Le *topos* est un thème érigé à la hauteur d'un lieu commun, exploité par le théâtre aussi bien que par le roman. À force d'être traité et retraité et soumis à des variantes de plus en plus appuyées, il tombe dans l'académisme de la caricature. On peut suivre, par exemple, le *topos* de la femme acariâtre depuis les fabliaux et les farces du Moyen Âge, en passant par Madame Pernelle (mère d'Orgon dans *Le Tartuffe* de Molière), et bien des vieilles filles de Balzac.

2. Madame Pinglet, dans *L'Hôtel du libre-échange*, en était déjà un bon représentant, dans le genre pincé plutôt que brutal.

Feydeau y prête la main en dégradant délibérément l'image de la femme (on admire que Cassive s'y soit pliée !), en gommant tout ce qu'elle peut avoir de séducteur et en la présentant sous le jour le plus nature, *voire le plus humoral, puisqu'elle est constamment munie, comme d'un signe distinctif, de ses « eaux sales ». De plus, avec ses bas qui tombent en accordéon sur ses savates (et qu'elle essaie sans arrêt de relever, ce qui mobilise d'autant l'attention des spectateurs), avec ses bigoudis disgracieux, elle offre au grand jour l'image d'une intimité que l'on réserve d'ordinaire au secret du gynécée. Il y aurait naturalisme (au sens zolien du mot) si le ménage d'*On purge Bébé ! *était celui d'un couple d'ouvriers, saisi dans son ordinaire misérable, mais ce n'est pas le cas. Julie et Bastien sont des bourgeois aisés (Monsieur est un industriel, fabricant d'objets en porcelaine, et notamment de vases de nuit*[1]*), mais ils ne savent pas tenir leur rang (le langage devient vite familier, voire vulgaire, y compris dans la bouche de Toto) ni respecter, dans l'appartement qu'ils occupent, la distribution usuelle : ils mélangent l'espace privé (le cabinet de toilette — envahisseur — avec son seau) et l'espace social (le cabinet de travail, lieu de jonction avec la vie publique, ouvert éventuellement à*

1. Le vase de nuit n'a sa place, en littérature, que dans les œuvres burlesques. C'est le cas avec Scarron qui dans son *Roman comique* montre Ragotin « foulant l'étain d'un pied superbe » : il s'est en effet pris le pied dans un pot de chambre et il marche, muni de cette prothèse.

des personnes venues du dehors[1]*). Du coup sont brisés les tabous, effacées les frontières, détruites les conventions les mieux installées. Du simple fait que Julie (il est vrai à la demande de son mari) surgit dans le cabinet de travail, est semé un ferment de discorde et de brouillage des catégories, encore plus que des valeurs. Il est prévisible qu'intérieur et extérieur se chevaucheront, d'autant que les deux objets — le seau et le pot — qui les symbolisent sont cousins de forme et d'emploi, bien que séparés fondamentalement par leur nature : l'un est un accessoire domestique, l'autre un accessoire guerrier ou presque, puisqu'il est destiné aux militaires de la France*[2] *!*

Dans quel monde à l'envers ne risque-t-on pas de plonger ? De fait, le maelström se produit par le biais de deux détonateurs, l'un incontrôlable, Julie, l'autre irresponsable et inconscient (apparemment), Toto. Infantilisé par ses parents qui le traitent de bébé, alors qu'il a précisément l'âge de raison (sept ans)[3]*, il n'en est pas moins le moteur essentiel de la catastrophe : il agit comme si son désir était de ridiculiser puis d'anéantir, en les chassant, les mâles qui l'entourent et le gênent, pour rester seul avec sa mère dans une*

1. L'opposition entre le privé (le corps libre de Julie) et le public (le corps guindé de Bastien) est soulignée par la redingote qu'il porte chez lui, dès le matin (scène II, p. 68).

2. « … Ce n'est pas un vase de nuit ! C'est un article d'équipement militaire » (scène III, p. 89).

3. À ma connaissance, Toto est le premier enfant du théâtre français pourvu d'un rôle aussi important.

position régressive qui règle son œdipe de la façon la plus freudienne qui soit en liquidant l'usurpateur mâle qu'est son père. Allant plus loin, l'on peut dire que sa constipation est le signe du refus d'entrer dans l'ordre social et psychique des adultes : il garde pour lui ce que d'ordinaire l'enfant donne à sa mère en monnaie d'échange, comme un trésor qu'il peut troquer contre son approbation et son amour. Le plus drôle (ou le plus inquiétant, psychiquement parlant) est que Toto est un truqueur : habitué à dire non, il fait semblant de dire oui et de relâcher ses sphincters (en buvant sa purge) pour obtenir, sans payer, *l'amour de sa mère. Il est significatif que le départ-éviction du père coïncide strictement avec le rapprochement-fusion du gamin avec sa mère. La dernière réplique le dit bien, de la façon la plus ambiguë et la plus claire à la fois : « Heureusement, tu as ta mère ! Va ! aime-la bien, mon chéri ! aime-la bien ! »*

C'est là, sans doute, beaucoup plus que dans les détails d'un quotidien saisis sur le vif, que Feydeau fait montre d'irrespect anarchiste des codes sociaux et anthropologiques. Il le faisait déjà en mélangeant le monde de la vraie bourgeoisie et de l'aristocratie de province avec le demi-monde des cocottes dans La Dame de chez Maxim, *mais le mixage des deux, par leur traitement caricatural, restait alors sans conséquence dommageable pour la caste bourgeoise. Au vrai, Feydeau ne se souciait guère de la détruire : les deux mondes évoluaient dans les nuages de la fantaisie, voire du burlesque et de l'absurde, non du réel. Au contraire, dans* On purge Bébé !, *c'est l'inconsistance hypocrite de la bourgeoisie enrichie par son commerce (à laquelle n'appartient pas Feydeau, il faut y insister pour éviter toute identification de l'homme à son œuvre) qui est joyeusement démasquée, tant se révèle superficiel et fragile le vernis de respectabilité et de hiérarchie des valeurs, aussi bien d'un homme à l'égard d'une femme et* vice versa *que d'un individu à l'égard d'un autre : les vernis se craquellent à la moindre pichenette.*

En outre, en substituant le thème de la scatologie à celui de l'érotisme et en visant le « bas matériel » (comme on disait aux temps classiques), Feydeau teinte l'ensemble de sa pièce d'une coloration qui serait déplaisante, voire repoussante, si le rire gras (de défense) qui accompagne toute allusion au caca ne venait heureusement faire avaler la pilule : alliage qui mérite le nom de grotesque, bien autrement inquiétant et subversif que celui de burlesque[1]*. Très consciemment, en effet, Feydeau par le choix des mots, des objets et du thème de sa fable, barbote dans l'excrément et en fait, directement ou métonymiquement, le support d'une menace prête à submerger le spectateur comme elle a été sur le point d'inonder le cabinet*[2]*.*

1. Voir à ce sujet le livre de Mikhaïl Bakhtine, *L'Œuvre de François Rabelais et la Culture populaire au Moyen Âge et sous la Renaissance*, traduction d'Andrée Robel, Gallimard, 1970.

2. Voir, à la scène II, p. 61, l'indication scénique : « … *ce qui imprime au seau qu'elle tient à la main un balancement d'encensoir plein de menace pour le tapis* ».

Une scène de ménage, c'est aussi une scène de théâtre

*La mauvaise foi de Julie saute aux yeux mais il faut prendre garde que cette mauvaise foi est organisée comme un discours, dans une rhétorique qui en est la mise en scène. Dans l'*agôn, *le combat qui l'affronte à son mari et qui constitue l'essentiel de la pièce, Julie exploite la partie de la rhétorique nommée* inventio *ou recherche des arguments propres à faire mouche et à alimenter le conflit. Car il s'agit bien d'un conflit pur, d'une opposition spasmodique de la femme à son mari dont la constipation de Bébé n'est que le prétexte contingent. Si l'on ajoute au conflit des personnes le conflit des espaces représentés métonymiquement par le cabinet de toilette (en la personne, si je puis dire, du seau de toilette) et par le cabinet de travail symbolisé par le pot de chambre « professionnel », on a tous les ingrédients d'un duel à mort entre le pot de fer/Julie (le seau de toilette en tôle) et le pot de terre/Bastien, c'est-à-dire le pot de chambre en porcelaine qui révélera son infériorité et celle de son propriétaire-inventeur en se fracassant contre le mur. Se chassant de chez lui au dénouement, Follavoine consommera son suicide et avouera une impuissance à laquelle il était prédestiné par son nom, la folle avoine étant stérile. C'est ici — impuissance mise à part — que l'on peut établir une similitude entre la vie privée de Feydeau et le personnage* *de Follavoine, Feydeau ayant choisi, comme lui, d'abandonner le domicile conjugal, non pour un autre lieu identifié comme tel, mais pour le lieu de nulle part qu'est une chambre d'hôtel.*

*Dans la recherche des armes, il est bon de recourir à la fois à des arguments rationnels et à des arguments affectifs, ceux-ci se distribuant en deux catégories : l'*ethos *qui met en avant les qualités, poussées à la surenchère, du protagoniste (celui qui conduit le discours), c'est-à-dire Julie, femme d'intérieur exemplaire bénéficiant d'une parfaite éducation et n'acceptant même pas de se faire seconder par sa bonne ; et le* pathos *qui cherche à provoquer l'émotion en recourant à des apostrophes véhémentes et à des exclamations indignées : il suffit de faire le relevé des points d'exclamation et d'interrogation ainsi que des indications scéniques concernant Julie. Quant aux arguments rationnels, ils s'appuient sur des preuves extrinsèques dont le caractère objectif ne souffre aucune discussion (un enfant malade doit être soigné toutes affaires cessantes) et sur des preuves intrinsèques qui tiennent à la logique même de tout discours : telles que les relations de cause à effet, les analogies (Julie est* comme *son fils : elle ne supporte pas l'huile de ricin, elle ne peut* donc *pas l'utiliser pour le purger), les métonymies, les glissements du sens figuré au sens propre, les syllogismes truqués (un bâtard de Louis XV est mort à sept ans d'une constipation,* or *Bébé a sept ans,* donc…*).*

Bastien repousse autant qu'il peut la charge sans

cesse renouvelée de sa femme en s'efforçant de pointer que la rhétorique de cette dernière, reposant sur des postulats (indiscutables par principe), tombe dans l'absurde — l'absurde étant la forme extrême que la mauvaise foi impose à la logique —, rien n'y fait : un bon rhétoricien a réponse à tout et Julie y fait preuve d'une compétence d'une remarquable agilité ; elle présente avec la simplicité de l'évidence les déductions les plus insensées :

FOLLAVOINE : [...] ce sont tes eaux sales, ce ne sont pas les miennes !

JULIE. [...] Eh ! bien, je te les donne ! Tu n'as donc plus de scrupules à avoir[1] ! »

Follavoine perd sa peine à vouloir discuter puisque c'est précisément la mauvaise foi qui alimente la rhétorique de sa femme : elle est passée maître en détournement et retournement des assertions les plus anodines (« ta mère »), en dérapage apparemment incontrôlé sur un mot (« il n'en mourra pas ») pour en tirer le portrait express d'un père indigne, tout prêt à laisser « crever » son fils.

Lequel père essaie vainement de rompre le combat. De plus, l'agression ne se déroule pas qu'en mots, elle est aussi une invasion physique, ce qui oblige Bastien à combattre sur deux fronts : Julie possède une arme,

1. Scène III, p. 91.

son seau de toilette, dont elle ne se sépare jamais (même quand elle n'a plus aucune raison de l'avoir à la main, à la scène III, p. 90) et qu'elle déplace comme une pièce d'échec sur l'échiquier du cabinet de travail, à son gré et dans le mépris total des lois du genre ; arme polyvalente aux mouvements imprévisibles qui peut se métamorphoser en support de méditation, en repose-jambe et en siège, comme aussi en menace pour les papiers de Bastien et en destructeur de l'harmonie bourgeoise en répandant ses eaux sales sur le tapis. Les parades inopérantes de Follavoine l'entraînent dans une sorte de danse défensive sans cesse débordée par la mobilité frénétique de sa femme, tous deux se livrant aussi, parfois, à des mouvements en opposition symétrique qui les transforment en marionnettes[1]*. Bastien ne sera pas même sauvé par le gong (la sonnette) qui annonce l'arrivée de Chouilloux : la guerre élargit seulement son champ d'action et se hausse d'un cran dans l'affrontement inexorable : quoi de plus rhétorique qu'un* crescendo *!*

Ce qui fait en effet l'originalité structurelle de la pièce réside moins dans l'étonnante faconde dont Feydeau dote sa Julie que dans sa science des paliers. Il est bien connu au théâtre qu'attaquer l'adversaire continûment, bille en tête, épuise très vite l'attaquant tout autant que le spectateur, et que la meilleure façon de faire mouche est de ménager des zones de repli et des

1. À la scène II.

moments de relâche apparent. La scène de ménage va donc se dérouler en trois temps qui comporteront autant de suspens et de détours. Elle, qui « demande » Monsieur, surgit non pour exposer le sujet de sa requête mais pour un « Tu ne peux pas te déranger ? non[1] ? » et la dispute s'enclenche, laissant de côté le pourquoi de la venue de Julie. C'est d'abord la question des Hébrides et le point de savoir qui a été le plus intelligent pour les découvrir dans le dictionnaire ; ensuite, avec la question du bon usage d'une femme de chambre, on est encore dans une rivalité raisonnable, l'un et l'autre ayant quelque raison à se dire le « découvreur » des Hébrides et le défenseur de l'économie domestique. Mais la mauvaise foi de Julie commence à s'étaler, non pour être une maniaque du ménage mais pour être atteinte du complexe de persécution, reprochant à son mari successivement d'être avare, de « s'en prendre à maman », avant qu'avec un « J'ai à te parler[2] » on croie revenir au sujet.

Sujet, à nouveau et immédiatement, détourné par la mention des « Chouilloux à déjeuner » suivie d'une réflexion aberrante sur le mauvais exemple qu'un cocu peut donner à un enfant de sept ans ; second retour au sujet, alors, dans les mêmes termes que précédemment après un nouveau détournement-retard sur le snobisme de Monsieur, sur le mauvais usage d'un seau de toi-

1. Au début de la scène II.
2. Scène II, p. 66.

lette comme siège et sur la mauvaise interprétation du verbe être (au sens d'aller... aux cabinets). On apprend enfin, bien longtemps après le début de la scène, le véritable objet de la venue de Julie : Bébé est constipé. La pudeur des mots est compensée par la précision du geste : Bébé n'a fait qu'une toute petite crotte, Julie l'indique du doigt. Néanmoins la tonalité stercoraire de la scène avait été donnée dès le début par le seau de toilette, manié en tous sens et utilisé à toutes fins.

Il ne faut pas croire cependant que l'exposé du sujet va rendre Julie plus raisonnable ; au contraire son dérèglement mental s'aggrave : refus, pour son fils, de l'huile de ricin parce que, *elle-même, ne la supporte pas ; lequel fils, par sa constipation, se voit menacé du même destin fatal qu'un des bâtards de Louis XV, jusqu'à ce « mange, mon ami ! mange*[1] *! » qui opère comme un désir de transfert et de réversibilité délirante des fonctions : si Follavoine mangeait le contenu des pots qu'il fabrique et si Chouilloux buvait la purge, ils aideraient Bébé à relâcher son sphincter anal !*

Croirait-on qu'on en a fini avec l'amplification rhétorique et monstrueuse de la mauvaise foi féminine ? Non pas ! Le pire attend Follavoine : Julie ne supporte pas l'idée qu'elle puisse être prise pour « la femme d'un marchand de pots de chambre », scrupule tardif, alors que les plaintes discordantes de Madame étaient toutes ponctuées par la présence constante du seau de toilette

1. Scène II, p. 81.

et par les allusions qu'y faisaient l'un et l'autre dans leurs répliques. Le climax de la violence verbale et du viol des conventions du discours est enfin atteint à la scène III quand Julie confie ses « eaux sales » à son mari avec ce magnifique argument : « Je l'[le seau] ai bien apporté, tu peux bien le rapporter à ton tour[1]*. » Follavoine a beau courir après sa femme pour les lui rendre ; trop tard : Chouilloux survient !*

Bien sûr, si l'on fait abstraction du dispositif rhétorique de la scène et de son évolution structurelle, on peut n'être sensible qu'au rendu naturaliste du quotidien de bourgeois aisés ; mais c'est faire bon marché alors de la qualité dynamique et théâtrale d'un texte où la surenchère maîtrisée — en pure gratuité — des injures et des arguments ainsi que la subtilité dans l'entrelacs du seau de toilette (dans sa double valence physique et verbale) avec les thèmes accusateurs élèvent le débat à la hauteur d'une composition musicale. Le thème premier du seau (qui est lui-même une métonymie du thème fondateur, le caca) est très rapidement l'objet de substituts par métonymies ou synecdoques avant qu'il ne revienne sous forme de variations sonores et visuelles et qu'il ne se métamorphose, éclatant de blancheur et de rotondité faussement et provisoirement triomphales, en vase de nuit de porcelaine.

1. Scène III, p. 90.

Qui paie les pots cassés ?

Ce qui permet de mettre l'accent sur la facture et la tonalité discordante de la pièce plutôt que sur la nature des rapports conjugaux est qu'à la scène IV il en va tout à fait de même dans le n'importe quoi hilarant : déjà l'idée d'un pot de chambre aux couleurs nationales est une belle trouvaille mais le sommet du cocasse est atteint avec la mise en garde de Follavoine contre un vase de nuit en tôle émaillée qui, servant de coupe à boire, exposerait d'imprudents pioupious à contracter une appendicite; sommet aussi, non par excès mais par défaut, quand le premier pot se casse puis le second. Bien loin de se démonter, ni Follavoine ni Chouilloux n'en tirent la conclusion que le produit ne vaut rien mais seulement qu'il y a « une différence entre la porcelaine cassable et la porcelaine incassable », affirmation dont, précisément, on ne peut vérifier la pertinence.

Ce haut degré de fantaisie dans l'absurde va se manifester encore aux scènes suivantes, ponctuées de méprises et de quiproquos (confusion de la guerre et du ministère de la Guerre, mise en accusation de Follavoine coupable, par indifférence à l'égard de sa femme, de n'avoir pas été enceint *à sa place...) quand Chouilloux avale la purge, suffoqué par la révélation de son cocuage : incident archi-usé du vaudeville que Feydeau détourne ici, avec un clin d'œil, vers un autre usage. Encore ce geste est-il spasmodique et irrai-*

sonné, mais que dire de l'argument de Julie : « Quand on est invité chez les gens, on prend ce qu'ils vous offrent ! Il n'a aucune éducation, ton Chouilloux[1] *! » ? La seule faiblesse de cette empoignade, à la scène IX, réside dans la désertion et la sortie de Follavoine, ce qui laisse entendre qu'il n'a plus (et Feydeau avec lui) aucune parade à sa disposition : il a atteint un tel degré d'impuissance devant l'enchaînement des catastrophes qu'il en est pour ainsi dire tétanisé. Heureusement, la tension n'a pas le temps de retomber car, après un petit passage à vide occupé par des « mots » d'esprit et des silences gênés, Chouilloux revient, écumant de colère contre sa femme et son cousin-amant. Tout s'enclenche à nouveau au diapason le plus aigu, selon la recette éprouvée de l'*accelerando *comique : celui-ci veut que l'énergie, emmagasinée et dissimulée dans les faux semblants et les jeux de rôle, finisse par exploser à la figure des personnages en les dispersant aux quatre vents ou en les faisant s'étriper les uns les autres ; soit, dans la réalité de la situation présente, en quittant brusquement les lieux ou en se provoquant en duel.*

Le comique de Feydeau est un comique de destruction, tout à fait annonciateur de celui de Ionesco qui, lui, s'installe d'emblée dans l'absurde alors que Feydeau glisse progressivement mais très vite de la peinture de mœurs au burlesque et du burlesque au grotesque,

1. Scène VIII, p. 136.

forme grimaçante et torturée de la réalité[1]*. Follavoine est vaincu sur toute la ligne : il paie les pots cassés au sens propre comme au sens figuré ; il boit la purge à son tour, pour la même raison que Chouilloux et avec la même débandade intestinale ; il a, bien sûr, perdu le marché militaire des vases de nuit ; il s'est ridiculisé aux yeux de sa femme et de son fils ; il n'a plus qu'à disparaître.*

Dire que On purge Bébé ! *est une pièce misogyne passe donc à côté d'une bonne part de vérité : la pièce est plutôt misanthrope ; les trois mâles sont, à des titres divers, anéantis. Follavoine réagit comme son* alter ego *Follbraguet dans* Hortense a dit : « je m'en fous ![2] » *: ce dernier, dentiste de son état, excédé par les criailleries de sa femme, abandonne son patient en plein traitement et quitte définitivement le domicile conjugal qui est aussi son lieu de travail. Follbraguet et Follavoine sont tous deux annulés dans leur autorité*

1. Jean-Louis Barrault dans son livre *Une troupe et ses auteurs*, consacré aux dramaturges qu'il a mis en scène, s'en tient pour sa part au seul burlesque, mais il le lie assez fortement à l'absurde pour qu'on perçoive que la démesure de la folie est contenue dans le burlesque. Voir *infra* la notice.

2. *Hortense a dit : « je m'en fous ! »*, écrite en 1916, est la dernière vraie œuvre de Feydeau ; elle est aussi la première pièce du théâtre français qui ait lieu dans un cabinet dentaire avec des clients cloués sur le fauteuil et qui assistent impuissants aux querelles conjugales tout en étant constamment sollicités par Madame ou Monsieur Follbraguet pour donner leur avis sur le méfait commis par la chatte de la bonne Hortense qui a pissé (la chatte) sur le manchon de Madame.

de mari et de travailleurs, de père aussi en ce qui concerne Follavoine. Comme, par son nom, Follavoine est marqué de stérilité, Toto n'est plus son fils mais exclusivement celui de sa mère... ou le bâtard de Louis XV! Royal, Toto va remplacer son père dans le lit conjugal! C'est le triomphe du matriarcat bâti, qui plus est, sur une supercherie, puisque Toto n'a pas bu sa purge. En somme, la pièce, par sa mécanique de l'absurde et par le rôle dévastateur et moteur qu'y joue Toto, se place à mi-chemin de Victor ou les Enfants au pouvoir *de Vitrac et de* La Leçon *de Ionesco : dérèglement du langage et des conventions, du jugement sain et des rapports humains. Après le passage du cyclone de la folie sur la bourgeoisie saisie dans sa quotidienneté la plus banale mais traitée de la façon la plus imaginaire, il ne reste plus rien à faire de cette humanité, sinon en rire : rire tragique et universel car qui n'a pas femme et enfant (de surcroît malade de temps à autre) et qui n'ambitionne pas d'exercer correctement son métier tout en sachant que sont inévitables les interférences de la profession et de la vie de famille ?*

Feydeau n'en oublie pas pour autant qu'il est passé maître dans le déclenchement des ressorts comiques traditionnels. Il ne peut certes pas, dans une pièce en un acte, utiliser celui du comique de situation provoqué par des rencontres intempestives et des coups de théâtre en cascade, mais il peut recourir aux ressources, fines et variées, du comique de mot. Celui-ci lui sert même à mettre en place une courte exposition reposant sur la confusion des « Z'Hébrides » avec les Hébrides, confusion moins faite pour pointer l'ignorance de Rose, la bonne, que la mauvaise foi prochaine de Madame Follavoine. Mais les ignorances de celle-ci ne peuvent pas non plus éviter de provoquer le sourire narquois (du public) et méprisant (de son mari) quand elle prend le deus ex machina *pour une relation professionnelle de son mari (« ta quina »)* ; *et quand elle semble considérer Louis XV comme un contemporain immédiat. Même chose — mais là Julie n'est pas dupe — quand Chouilloux se félicite que sa femme ait un cousin « qui marche avec elle*[1] », *mot dont le sens grivois, perdu aujourd'hui, est très évocateur pour tous les « vieux marcheurs » qui poursuivent les jolies femmes de leurs assiduités.*

Comique de répétition avec les « jarretières » de la scène II, avec le « j'veux pas me purger » de Toto ; comique d'écho avec la relance des répliques sur un mot (« occupé », « mon seau », « les Hébrides ») ; comique de contraste entre le nom lourdaud des Chouilloux et Truchet et leurs prénoms aristocratiques ; entre l'anaphore et l'amplification mélodramatique — éminemment parodique — de l'apostrophe du mari trompé à l'infidèle Clémence Chouilloux et à son amant (« la femme adultère », « l'ami félon »), avec son dernier terme posé en symétrie ternaire : « le cocu ». Lequel

1. Scène IV, p. 94.

« Lecocu » devient, pour rattraper une gaffe, le patronyme gênant et cocasse d'un employé de Follavoine. Comique de mots qu'il faut imaginer en situation et en gestes comme y invitent les indications scéniques, nombreuses, précises et variées. Deux exemples : « Julie, tout en farfouillant sur la table de Follavoine pour trouver un objet qu'elle cherche. [...] Prenant dans une boîte des rondelles de caoutchouc. [...] Reposant la boîte sur la table et se rasseyant sur son fauteuil. [...] Elle se passe un élastique à chaque jambe. [...] Tout en achevant de passer ses élastiques »... *ou :* « Julie, ne lâchant pas prise ; gagnant la gauche avec des dandinements et des gestes de menuet, ce qui imprime au seau qu'elle tient à la main un balancement d'encensoir plein de menace pour le tapis[1]. » *Le moins qu'on puisse dire est que, si Feydeau a changé de manière à partir de* Feu la Mère de Madame, *il n'a pas perdu sa main de grand professionnel du vaudeville.*

Tourner autour du pot

Feydeau a trouvé une nouvelle arme pour alimenter son moteur à rire ; ce n'est plus le quiproquo mais le pot de chambre, fixation indirecte mais néanmoins très

1. Scène II, p. 68 et p. 61.

claire sur le Q (la lettre et la chose) pour enclencher le comique scatologique, rarement exploité au théâtre, du moins au théâtre qui se respecte. Même en prenant la précaution d'ajouter une sixième lettre au mot de Cambronne, la pièce de Jarry fit scandale dès sa première réplique ; pourtant le mot et la chose étaient sublimés jusqu'à perdre tout le fumet des cinq lettres ; elle élevait le condiment qui pimentait le chou-fleur et les « côtes de rastron » de la Mère Ubu à la hauteur d'un élixir et le dénaturait comme on fait en pharmacie avec l'alcool à 90°. Il n'empêche. Trente ans plus tard, dans Victor ou les Enfants au pouvoir *de Vitrac, le pôle central de la pièce sera occupé par la mystérieuse Ida Mortemart (sorte d'envoyée — par son nom — de la mort), affectée d'une désastreuse infirmité qui la fait claironner outrageusement du fondement à la moindre émotion et dans les circonstances les plus inattendues ; elle provoque, on s'en doute, le scandale non seulement dans la famille qu'elle visite, mais chez les spectateurs et les acteurs : la comédienne pressentie pour tenir le rôle refusa. La laideur putréfiée du corps et la mort, beau sujet d'homélie (pensons au* Sermon sur la mort *de Bossuet) pour les prédicateurs, et de méditation pour les philosophes ! En contrepartie et réaction de défense, songeons combien l'humour fécal est répandu chez les meilleurs esprits, tel celui de Mozart !*

On voit donc que traitée à un certain degré d'intention subversive, la matière *fait mouche, que ce soit en 1896 avec* Ubu roi *ou avec* Victor *en 1929. Qu'en était-il en 1910 avec* On purge Bébé ! ? *Prudent lui aussi, Feydeau ne cesse de tourner autour du pot, de faire comme s'il s'agissait d'une scène de ménage hautement théâtralisée ; mais sa* vis comica *masque une autre violence, celle de la transgression d'un tabou. À vrai dire, sa scène II, qui occupe 43 % de la pièce entière, repose sur deux axes, l'axe d'une lutte intestine (la scène de ménage) et l'axe d'une rétention intestinale, celle de Bébé, avant qu'elle ne se transforme en débâcle diarrhéique pour Follavoine et Chouilloux, et en déroute sociale pour tous les deux et même tous les trois si l'on ajoute le comparse Truchet. Le seau de toilette est la figure métonymique (le contenant pour le contenu) de la petite crotte que l'insupportable Bébé a consenti à évacuer et la liaison est directement soulignée par Julie elle-même entre son seau et les vases de nuit dont son mari espère doter l'armée française pour satisfaire ses besoins. En tant qu'objets (que matière plutôt) constamment présents, le seau et/ou le vase sont les supports d'une coprolalie masquée ; la* matière *est empaquetée dans un emballage de mots plus ou moins allusifs, et donc inoffensifs, jusqu'à ce « mange, mon ami ! mange ! » qui relève directement de la coprophagie.*

En réalité la matière mobilise l'attention de tous les personnages dans leurs mouvements sur le plateau et hors scène (après la purge) et dans les allers et retours de leurs arguments : ceux de Julie au premier chef, soucieuse de la santé de son fils et, volens nolens, *ceux des deux mâles qui n'en sont guère puisque l'un est* folle avoine *et que l'autre est cocu. Phallus et boudin fécal, beau sujet d'analyse, on l'a vu, pour les psychanalystes. Ils s'y sont notamment livrés à propos de Sade chez qui l'un ne va pas sans l'autre. C'est à son sujet qu'Henry de Montherlant, qui n'apprécie pas du tout le divin marquis et trouve totalement disproportionné l'intérêt qu'on lui porte, a eu cette phrase qui, détournée de son sens, illustre parfaitement* On purge Bébé ! *: « Un pot de chambre aussi est profond » !*

MICHEL CORVIN

On purge Bébé !

PERSONNAGES[a]

ADHÉAUME CHOUILLOUX	MM. Germain
FOLLAVOINE	Marcel Simon
HORACE TRUCHET	Choisy
JULIE FOLLAVOINE	Mmes A. Cassive
ROSE	Jenny Rose
CLÉMENCE CHOUILLOUX	Delys
TOTO, 7 ANS	La petite Lesseigne Germain

a. Distribution à la création de 1910.

Le cabinet de travail de Follavoine. Le décor est à pan coupé à gauche ; à pan droit à droite. Au premier plan, à gauche, porte donnant sur la chambre de Follavoine. Dans le pan coupé de gauche, porte donnant chez Mme Follavoine. Au fond, au milieu, porte donnant sur le vestibule. De chaque côté de la porte du fond, une bibliothèque vitrée, ou grillagée, avec chaque battant tendu d'un plissé de taffetas de façon à dissimuler l'intérieur ; (le battant gauche de la bibliothèque de droite doit être fixe ; c'est derrière ce battant que seront placés dans ce meuble les deux vases de nuit, de façon à ce qu'ils soient invisibles au public lorsqu'on aura à ouvrir la bibliothèque). À droite, tenant la presque totalité de ce côté du décor, une grande fenêtre à quatre vantaux ; (brise-bise et rideaux). À droite, milieu de la scène, une grande table-bureau face aux spectateurs ; sur la table, des dossiers, livres, un dictionnaire, des papiers épars et une boîte contenant des rondelles de caoutchouc. Dans le tiroir de droite de l'acteur, une boîte avec des pastilles de menthe. Sous la table, un panier à papier. Au-dessus de la table, un fauteuil de bureau. Devant la table, à son extrémité droite, un fauteuil. À gauche de la scène, un canapé légèrement de biais. À gauche du canapé, un petit guéridon bas. À droite et au-dessus du canapé, une chaise[1].

Avis. — *Derrière la toile de fond du vestibule, placer perpendiculairement une planche, un praticable quelconque, et insérer entre, des « pains » de fonte placés sur le tranchant de façon à opposer un corps dur à l'envoi des vases de nuit afin d'être sûr qu'ils se briseront*[2].

SCÈNE PREMIÈRE

FOLLAVOINE, *puis* ROSE

Au lever du rideau, Follavoine, penché sur sa table de travail, la jambe gauche repliée sur son fauteuil de bureau, la croupe sur le bras du fauteuil, compulse son dictionnaire.

FOLLAVOINE, *son dictionnaire ouvert devant lui sur la table* : Voyons ! « Îles Hébrides ?... Îles Hébrides ?... Îles Hébrides ?... » *(On frappe à la porte. — Sans relever la tête et avec humeur.)* Zut ! entrez ! *(À Rose qui paraît.)* Quoi ? qu'est-ce que vous voulez ?

ROSE, *arrivant du pan coupé de gauche* : C'est madame qui demande monsieur.

FOLLAVOINE, *se replongeant dans son dictionnaire, et avec brusquerie* : Eh ! bien, qu'elle vienne !... Si elle a à me parler, elle sait où je suis.

ROSE, *qui est descendue jusqu'au milieu de la scène* : Madame est occupée dans son cabinet de toilette ; elle ne peut pas se déranger.

FOLLAVOINE : Vraiment ? Eh ! bien, moi non plus ! Je regrette : je travaille.

ROSE : Bien, monsieur.

Elle fait mine de remonter.

FOLLAVOINE, *relevant la tête, sans lâcher son dictionnaire. Sur le même ton brusque* : D'abord, quoi ? Qu'est-ce qu'elle me veut ?

ROSE, *qui s'est arrêtée, à l'interpellation de Follavoine* : Je ne sais pas, monsieur.

FOLLAVOINE : Eh ! bien, allez lui demander !

ROSE : Oui, monsieur.

Elle remonte.

FOLLAVOINE : C'est vrai ça !… *(Rappelant Rose au moment où elle va sortir.)* Au fait, dites donc, vous… ?

ROSE, *redescendant* : Monsieur ?

FOLLAVOINE : Par hasard, les Hébrides… ?

ROSE, *qui ne comprend pas* : Comment ?

FOLLAVOINE : Les Hébrides ?… Vous ne savez pas où c'est ?

ROSE, *ahurie* : Les Hébrides ?

FOLLAVOINE : Oui ?

ROSE : Ah ! non !… non !… *(Comme pour se justifier.)* C'est pas moi qui range ici !… c'est madame[1].

FOLLAVOINE, *se redressant en refermant son dictionnaire sur son index de façon à ne pas perdre la page* :

Quoi ! quoi, « qui range » ! les Hébrides !... des îles ! bougre d'ignare[1]... de la terre entourée d'eau... vous ne savez pas ce que c'est ?

ROSE, *ouvrant de grands yeux* : De la terre entourée d'eau ?

FOLLAVOINE : Oui ! de la terre entourée d'eau, comment ça s'appelle ?

ROSE : De la boue ?

FOLLAVOINE, *haussant les épaules* : Mais non, pas de la boue ! C'est de la boue quand il n'y a pas beaucoup de terre et pas beaucoup d'eau ; mais, quand il y a beaucoup de terre et beaucoup d'eau, ça s'appelle des îles !

ROSE, *abrutie* : Ah ?

FOLLAVOINE : Eh ! bien, les Hébrides, c'est ça ! c'est des îles ! par conséquent c'est pas dans l'appartement.

ROSE, *voulant avoir compris* : Ah ! oui !... c'est dehors !

FOLLAVOINE, *haussant les épaules* : Naturellement ! c'est dehors.

ROSE : Ah ! ben, non ! Non ! je les ai pas vues.

FOLLAVOINE, *quittant son bureau et poussant familièrement Rose vers la porte pan coupé* : Oui, bon, merci ! ça va bien !

ROSE, *comme pour se justifier* : Y a pas longtemps que je suis à Paris, n'est-ce pas ?...

FOLLAVOINE : Oui !... oui, oui !

ROSE : Et je sors si peu[2] !

FOLLAVOINE : Oui, oui ! ça va bien ! allez ! allez retrouver madame.

ROSE : Oui, monsieur !

Elle sort.

FOLLAVOINE : Elle ne sait rien cette fille ! rien ! qu'est-ce qu'on lui a appris à l'école ? *(Redescendant jusque devant la table contre laquelle il s'adosse.)* « C'est pas elle qui a rangé les Hébrides » ! Je te crois, parbleu ! *(Se replongeant dans son dictionnaire.)* « Z'Hébrides… Z'Hébrides… » *(Au public.)* C'est extraordinaire ! je trouve zèbre, zébré, zébrure, zébu… ! Mais de Zhébrides, pas plus que dans mon œil ! Si ça y était, ce serait entre zébré et zébrure. On ne trouve rien dans ce dictionnaire !

Par acquit de conscience, il reparcourt des yeux la colonne qu'il vient de lire[1].

SCÈNE II

FOLLAVOINE, JULIE

JULIE, *surgissant en trombe par la porte, pan coupé. Tenue de souillon : peignoir-éponge dont la cordelière non attachée traîne par derrière; petit jupon de soie, sur la chemise de nuit qui dépasse par en bas; bigoudis dans les cheveux; bas tombant sur les savates. — Elle tient un seau de toilette plein d'eau à la main*[1] : Alors, quoi ? tu ne peux pas te déranger ? non ?

FOLLAVOINE, *sursautant* : Ah ! je t'en prie, n'entre donc pas toujours comme une bombe !... Ah !...

JULIE, *s'excusant ironiquement* : Oh ! pardon ! *(La bouche pincée et sur un ton sucré.)* Tu ne peux pas te déranger ? non ?

FOLLAVOINE, *avec humeur* : Eh ! bien, et toi ? pourquoi faut-il que ce soit moi qui me dérange plutôt que toi ?

JULIE, *avec un sourire pointu* : C'est juste ! c'est juste ! nous sommes mariés, alors... !

FOLLAVOINE : Quoi ? Quoi ? Quel rapport... ?

JULIE, *de même* : Ah ! je serais seulement la femme d'un autre, il est probable que… !

FOLLAVOINE : Ah ! laisse-moi donc tranquille ! je suis occupé, v'là tout[1] !

JULIE, *posant le seau qu'elle tient à la main au milieu de la scène et gagnant la gauche* : Occupé ! Monsieur est occupé ! c'est admirable !

FOLLAVOINE : Oui, occupé ! *(Apercevant le seau laissé par Julie.)* Ah !

JULIE, *se retournant à l'exclamation de Follavoine* : Quoi ?

FOLLAVOINE : Ah ! çà, tu es folle ? tu m'apportes ton seau de toilette ici, à présent ?

JULIE : Quoi, « mon seau » ? où ça, « mon seau » ?

FOLLAVOINE, *l'indiquant* : Ça !

JULIE : Ah ! là ! c'est rien ! *(Le plus naturellement du monde.)* C'est mes eaux sales[2].

FOLLAVOINE : Qu'est-ce que tu veux que j'en fasse ?

JULIE : Mais c'est pas pour toi ! C'est pour les vider.

FOLLAVOINE : Ici ?

JULIE : Mais non, pas ici ! Que c'est bête ce que tu dis là ! Je n'ai pas l'habitude de vider mes eaux dans ton cabinet de travail ; j'ai du tact.

FOLLAVOINE : Alors, pourquoi me les apportes-tu ?

JULIE : Mais pour rien ! Parce que j'avais le seau

en main pour aller le vider quand Rose est venue me rapporter ta charmante réponse ; alors pour ne pas te faire attendre...

FOLLAVOINE : Tu ne pouvais pas le laisser à la porte ?

JULIE : Ah ! et puis tu m'embêtes ! Si ça te gêne tant, tu n'avais qu'à te déranger quand je te demandais de venir ; mais Mossieur était occupé ! à quoi ? je te le demande.

Elle a arpenté jusqu'au fond.

FOLLAVOINE, *sur un ton bougon* : À des choses, probable !

JULIE : Quelles ?

FOLLAVOINE, *de même* : Eh ! bien, des choses... Je cherchais « Îles Hébrides » dans le dictionnaire.

JULIE : Îles Hébrides ! T'es pas fou ? Tu as l'intention d'y aller ?

FOLLAVOINE, *de même* : Non, j'ai pas l'intention !

JULIE, *sur un ton dédaigneux, tout en s'asseyant sur le canapé* : Alors qu'est-ce que ça te fait ? En quoi ça peut-il intéresser un fabricant de porcelaine de savoir où sont les Hébrides ?

FOLLAVOINE, *toujours sur le ton grognon* : Ça ne m'intéresse pas ! Ah ! bien !... je te jure que si c'était pour moi !... Mais c'est pour Bébé[1]. Il vous a de ces questions ! Les enfants s'imaginent, ma parole ! que les parents savent tout !... *(Imitant son fils.)* « Papa, où c'est les Hébrides ?

(Reprenant son ton bougon, pour s'imiter lui-même.) — Quoi ? *(Voix de son fils.)* — Où c'est, les Hébrides, papa ? » Oh !... j'avais bien entendu ! j'avais fait répéter à tout hasard... *(Maugréant.)* « Où c'est, les Hébrides » ! est-ce que je sais, moi ! Tu sais où c'est, toi ?

JULIE : Bien oui, c'est... J'ai vu ça quelque part, sur la carte ; je ne me rappelle pas où.

FOLLAVOINE, *remontant pour aller s'asseoir à sa table sur laquelle il pose son dictionnaire ouvert à la page qu'il compulsait* : Ah ! comme ça, moi aussi ! Mais je ne pouvais pas lui répondre ça, à cet enfant ! Qu'est-ce qu'il aurait pensé ! J'ai essayé de m'en tirer par la tangente : « Chut ! allez ! ça ne te regarde pas ! Les Hébrides, c'est pas pour les enfants[1]. »

JULIE : En voilà une idée ! C'est idiot.

FOLLAVOINE : Oui ! Ah !... c'était pas heureux : c'était précisément dans les questions de géographie que lui avait laissées mademoiselle.

JULIE, *haussant les épaules* : Dame, évidemment ! c'était à prévoir.

FOLLAVOINE : Eh ! aussi est-ce qu'on devrait encore apprendre la géographie aux enfants à notre époque !... avec les chemins de fer et les bateaux, qui vous mènent tout droit !... et les indicateurs où l'on trouve tout !

JULIE : Quoi ? Quoi ? Quel rapport ?

FOLLAVOINE : Mais absolument ! Est-ce que, quand

tu as besoin d'une ville, tu vas chercher dans la géographie ? Non, tu cherches dans l'indicateur[1] ! Eh ! ben, alors... !

JULIE : Mais alors, ce petit... *(Se levant et ramassant son seau au passage.)* tu ne l'as pas aidé ? tu l'as laissé dans le pétrin ?

FOLLAVOINE : Bédame ! Comment veux-tu ? C'est-à-dire que j'ai pris un air profond, renseigné ; celui du monsieur qui pourrait répondre mais qui ne veut pas parler et je lui ai dit : « Mon enfant, si c'est moi qui te montre, tu n'as pas le mérite de l'effort ; essaye de trouver, et si tu n'y arrives pas, alors je t'indiquerai. »

JULIE, *près de Follavoine, à gauche de la table* : Oui. Va-z'y voir[2] !

FOLLAVOINE : Je suis sorti de sa chambre avec un air détaché ; et, aussitôt la porte refermée, je me suis précipité sur ce dictionnaire, persuadé que j'allais trouver ! Ah ! bien, oui, je t'en fiche ! Nibe.

JULIE, *qui ne comprend pas* : Nibe[3] ?

FOLLAVOINE : Enfin, rien !

JULIE, *incrédule* : Dans le dictionnaire ? *(Elle pose son seau par terre à gauche de la table et écartant son mari pour examiner le dictionnaire à sa place.)* Allons, voyons ! voyons... !

FOLLAVOINE, *descendant par l'extrême droite* : Oh ! tu peux regarder !... Non ! Vraiment, tu devrais bien dire à mademoiselle de ne pas farcir la cervelle de ce petit avec des choses que les grandes personnes elles-mêmes ignorent... et qu'on ne trouve même pas dans le dictionnaire.

JULIE, *qui s'est assise et depuis un instant a les yeux fixés sur la page ouverte du dictionnaire* : Ah çà ! mais... ! mais... !

FOLLAVOINE : Quoi ?

JULIE : C'est dans les Z que tu as cherché ça ?

FOLLAVOINE, *un peu interloqué* : Hein ?... mais... oui.

JULIE, *haussant les épaules avec pitié* : Dans les Z, les Hébrides ? Ah ! bien, je te crois que tu n'as pas pu trouver.

FOLLAVOINE : Quoi ? C'est pas dans les Z ?

Il contourne la table et remonte (n° 1)[1] *près de Julie.*

JULIE, *tout en feuilletant rapidement le dictionnaire* : Il demande si c'est pas dans les Z !

FOLLAVOINE : C'est dans quoi, alors ?

JULIE, *s'arrêtant à une page du dictionnaire* : Ah ! porcelainier, va !... Tiens, tu vas voir comme c'est dans les Z. *(Parcourant la colonne de mots.)* Euh !... « Ébraser, Èbre, Ébrécher... » C'est dans les E, voyons ! « ... Ébriété, ébroïcien, ébro... » *(Interloquée.)* Tiens ! Comment ça se fait ?

FOLLAVOINE : Quoi ?

JULIE : Ça n'y est pas !

FOLLAVOINE, *dégageant vers la gauche et sur un ton*

triomphant : Ah ! ah ! Je ne suis pas fâché !... Toi qui veux toujours en savoir plus que les autres[1].

JULIE, *décontenancée* : Je ne comprends pas : ça devrait être entre « ébrécher » et « ébriété ».

FOLLAVOINE, *sur un ton rageur* : Quand je te dis qu'on ne trouve rien dans ce dictionnaire ! Tu peux chercher les mots par une lettre ou par une autre, c'est le même prix ! On ne trouve que des mots dont on n'a pas besoin !

JULIE, *les yeux fixés sur le dictionnaire* : C'est curieux !

FOLLAVOINE, *s'asseyant sur le canapé et sur un ton pincé* : Tout de même, je vois que la « porcelainière » peut aller de pair avec le « porcelainier ».

JULIE, *sèchement* : En tous cas j'ai cherché dans les E ; c'est plus logique que dans les Z.

FOLLAVOINE, *haussant les épaules* : Ah ! la, la ! « plus logique dans les E » ! pourquoi pas aussi dans les H ?

JULIE, *vexée* : « Dans les H... dans les H... » ! Qu'est-ce que ça veut dire ça, « dans les H »... ? *(Changeant insensiblement de ton.)* Mais, au fait... dans les H... pourquoi pas ?... mais oui : « Hébrides... Hébrides » il me semble bien que... ? oui ! *(Elle s'est précipitée sur le dictionnaire qu'elle feuillette d'une main fébrile.)* H... H... H...

FOLLAVOINE, *la singeant* : Quoi, « H, H, H » ?

JULIE, *parcourant rapidement la colonne des mots* :

« Hèvre, Hébreu, Hébrides » ! *(Triomphante.)* Mais oui, voilà : « Hébrides », ça y est !

FOLLAVOINE, *se précipitant vers sa femme* : Tu l'as trouvé ? *(Dans son mouvement, il est allé donner du pied contre le seau qu'il n'a pas vu. Avec rage.)* Ah ! là, voyons !

Il ramasse le seau et ne sachant où le mettre, le pose sur le coin gauche de la table. Il reste ainsi les deux avant-bras appuyés sur le couvercle du seau.

JULIE : En plein : « Hébrides, îles qui bordent l'Écosse au nord ».

FOLLAVOINE, *dégageant vers la gauche, et radieux comme si c'était lui qui avait trouvé* : Eh ! bien, voilà !

JULIE : Ah ! et puis encore : « Nouvelles-Hébrides, îles de la Mélanésie ».

FOLLAVOINE, *sur le même ton* : « Mélanésie », voilà ! C'est bien ça ! Tout à l'heure nous n'avions pas d'Hébrides du tout, et maintenant nous en avons trop ! Voilà ! C'est l'éternelle histoire ! C'est la vie !

JULIE : Oui, mais lesquelles lui faut-il, maintenant, à ce petit ?

FOLLAVOINE, *à la « je m'en fiche »* : Oh ! ben ça, ça m'est égal ! Il choisira celles qu'il voudra ! On avait besoin d'Hébrides ; on en a, c'est l'essentiel ! S'il y en a trop, on en laissera !

JULIE : Et dire qu'on cherchait dans les « E », dans les « Z »...

FOLLAVOINE, *se laissant tomber sur le canapé* : On aurait pu chercher longtemps !

JULIE, *se levant et passant son bras dans l'anse de son seau pour l'emporter* : Et c'était dans les « H » !

FOLLAVOINE, *avec un aplomb touchant à l'inconscience* : Qu'est-ce que je disais[1] !

JULIE, *ahurie de son toupet, se retourne vers lui, puis* : Comment, « ce que tu disais » !

FOLLAVOINE, *le plus calme du monde* : Eh ! ben, oui, quoi ?... C'est peut-être pas moi qui ai dit : « Pourquoi pas dans les H » ?

JULIE : Pardon ! Tu l'as dit... tu l'as dit... ironiquement.

FOLLAVOINE, *se levant et allant à elle* : Ironiquement ! En quoi ça, ironiquement ?

JULIE : Absolument ! pour te moquer de moi : « Ah ! pourquoi pas aussi dans les H » ?

Elle passe au n° 1.

FOLLAVOINE : Ah ! bien, non, tu sais... !

JULIE : C'est moi alors qui subitement ai eu comme la vision du mot.

FOLLAVOINE, *gagnant la droite au-dessus de la table* : « Comme la vision du mot » ! Ah ! non ! ça, c'est admirable ! « Comme la vision du mot » ! Cette mauvaise foi des femmes ! Je te dis : « Pourquoi pas dans les H ? » Alors tu sautes là-dessus, tu fais : « Au fait oui, dans les H, pourquoi pas ? » Et tu appelles ça : « avoir la vision du mot » ? Ah ! bien, c'est commode !

JULIE, *furieuse, allant jusqu'au coin gauche de la table sur laquelle elle pose son seau* : Oh ! c'est trop fort ! Quand c'est moi qui ai pris le dictionnaire, quand c'est moi qui ai cherché dedans...

FOLLAVOINE, *descendant par la droite de la table. — Sur un ton persifleur* : Oui, dans les E !

JULIE : Dans les E... dans les E d'abord ; comme toi avant dans les Z, mais ensuite dans les H.

FOLLAVOINE, *s'asseyant sur le fauteuil qui est à droite devant la table. — L'air détaché, les yeux au plafond* : Belle malice, quand j'ai eu dit : « Pourquoi pas dans les H ? »

JULIE, *gagnant la gauche* : Oui, comme tu aurais dit : « Pourquoi pas dans les Q[1] ? »

FOLLAVOINE : Oh ! non, ma chère amie, non ! si nous en arrivons aux grossièretés... !

JULIE, *se retourne ahurie, reste un instant interloquée, puis* : Quoi ? quoi ? quelles grossièretés ?

FOLLAVOINE : Moi, je te préviens que je ne suis pas de force, alors... !

JULIE, *gagnant la gauche de la table* : Où ça, des grossièretés ? parce que je te tiens tête ? parce que je dis ce qui est ? *(Secouant rageusement son seau de toilette sur la table tout en parlant.)* Mais oui, c'est moi qui ai trouvé ! Oui, c'est moi qui ai trouvé !

FOLLAVOINE, *se précipitant sur le seau de toilette pour le lui enlever des mains* : Eh ! bien, oui, oui !... bon ! c'est bon !

Il cherche à droite à gauche où poser le seau.

JULIE, *voyant son jeu* : Quoi ? Qu'est-ce que tu cherches ?

FOLLAVOINE, *avec rage* : Je cherche... je cherche... je cherche où mettre ça.

JULIE : Eh ! bien, pose-le par terre.

FOLLAVOINE, *le déposant au milieu de la scène* : Oui.

JULIE, *revenant à la charge* : Non tu sais, avoir l'aplomb de prétendre... !

Elle gagne la gauche.

FOLLAVOINE : Oh !... mais oui, là ! Puisque c'est entendu ! C'est toi qui as trouvé.

JULIE : Mais, parfaitement, c'est moi ! Il ne s'agit pas d'avoir l'air de me faire des concessions.

FOLLAVOINE : Ah ! et puis, je t'en prie, en voilà assez, hein ! avec tes E, tes Z, tes H et tes Q ! c'est vrai, ça ! Tiens, tu ferais mieux d'aller t'habiller !

JULIE, *rognonnant* : Me dire que je n'ai pas eu la vision !...

Elle s'assied sur le bras gauche du canapé.

FOLLAVOINE : Mais oui, là !... Il est près de onze heures et tu es encore à traîner en souillon...

JULIE, *tout en rajustant instinctivement son peignoir* : Oui, oh ! change la conversation, va !... change !

FOLLAVOINE : ... avec ton peignoir sale[1], tes bigoudis et tes bas qui traînent sur tes talons !

JULIE, *relevant ses bas avec brusquerie* : Eh ! bien, sur lesquels veux-tu qu'ils traînent ? sur les tiens ?

FOLLAVOINE : Mais sur aucun talon du tout !

JULIE : Là ! voilà ! ils sont relevés !

FOLLAVOINE : Oui ! oh ! si tu crois que ça va les empêcher de retomber, ce que tu fais. Enfin, tu ne peux pas les attacher ?

JULIE : Avec quoi ? j'ai pas de jarretelles.

FOLLAVOINE : Eh ! bien, mets-en !

JULIE : À quoi veux-tu que je les accroche ? j'ai pas de corset.

FOLLAVOINE, *tout en gagnant la droite près du fauteuil devant la table* : Eh ! bien, mets un corset que diable !

JULIE : Ah ! Et puis zut ! Dis tout de suite que tu veux que je me mette en robe de bal pour faire mon cabinet de toilette !

Tout en parlant, elle a ramassé son seau dans l'anse duquel elle a enfilé son bras droit, et remonte vers sa chambre.

FOLLAVOINE : Mais, nom d'une brique ! qui est-ce qui te demande de le faire, ton cabinet de toilette ? On dirait que tu n'as pas de domestique ! Tu as une femme de chambre, sacrebleu !

JULIE, *qui déjà était sur le pas de sa porte, se retournant, comme piquée au vif par la réflexion de son mari, descendant jusqu'à lui à pas de fauve, et après s'être débarrassée de son seau de toilette en le déposant devant les pieds de Follavoine — les bras croisés, sous son nez* : Faire faire mon cabinet de toilette par ma femme de chambre[1].

FOLLAVOINE, *pour se dérober à une nouvelle discussion, passant devant sa femme et gagnant la gauche* : Oh !...

JULIE, *ne lâchant pas prise et emboîtant le pas parallèlement au-dessus de lui* : Ah ! bien, merci ! pour que tout soit cassé, ébréché ! Non, non ! je fais ça moi-même.

Elle lâche son mari, et, gagnant l'extrême droite, va s'asseoir sur le fauteuil devant la table.

FOLLAVOINE : Alors ce n'est pas la peine d'avoir une bonne, si elle ne te sert à rien.

JULIE, *tout en étendant sa jambe droite à moitié nue sur son seau comme sur un tabouret* : Je te demande pardon, elle me sert : elle est là !

FOLLAVOINE : Ouais ? Et qu'est-ce qu'elle fiche, pendant que tu fais son ouvrage ?

JULIE, *un peu interloquée* : Eh ! ben, elle... elle me regarde.

FOLLAVOINE : C'est ça ! voilà : Elle te regarde ! Je paye une fille quatre-vingts francs par mois pour qu'elle te regarde[1] !

JULIE : Oh ! Je t'en prie ! ne parle donc pas tout le temps de ce que tu payes ! C'est d'un parvenu !

FOLLAVOINE : D'un parvenu tant que tu voudras ! je trouve que du moment que je paye une femme quatre-vingts francs par mois... !

JULIE, *se relevant, sans même prendre la peine de retirer sa jambe étendue sur le seau, mais simplement la laissant glisser en avant du seau à terre, ce par quoi elle se remet sur pied, et gagnant jusqu'à Follavoine*[2] : Non mais dis donc ! je ne te demande pas de gages, moi, n'est-ce pas ? Eh ! ben, dès l'instant que ça ne te revient pas plus cher, qu'est-ce que ça te fait que ce soit elle ou moi qui fasse l'ouvrage ?

FOLLAVOINE : Cela me fait... cela me fait... que j'ai une bonne pour qu'elle fasse le service de ma femme ; et non une femme pour qu'elle fasse le service de ma bonne !... ou alors, si c'est ça, je supprime la bonne.

JULIE, *avec de grands gestes indignés* : Voilà ! voilà ! nous devions en arriver là ! il me marchande une domestique !

Elle gagne l'extrême droite.

FOLLAVOINE, *même jeu, gagnant l'extrême gauche* : Là ! Là ! Je lui marchande une domestique, maintenant[1] !

JULIE, *se retournant vers lui* : Mais absolument.

FOLLAVOINE, *à bout d'arguments* : Ah ! tiens, remonte donc tes bas, va ! tu ferais mieux !

JULIE, *relevant ses bas avec brusquerie* : Oui, oh !... *(Reprenant.)* Tout ça parce que je préfère faire mon cabinet de toilette moi-même ! *(Remontant tout en parlant par l'extrême droite, jusqu'au-dessus de la table de travail.)* Ah ! tu es bien le premier mari qui reproche à sa femme de s'occuper de son ménage.

FOLLAVOINE : Pardon ! pardon, entre s'occuper de son ménage et...

JULIE, *nerveuse, rangeant machinalement les papiers sur la table de son mari* : Tu aimerais mieux, n'est-ce pas, que je fasse comme toutes ces dames que je vois ?... Que je ne pense qu'à m'attifer, qu'à créer de la dépense ?...

FOLLAVOINE, *apercevant le jeu de scène de Julie et tremblant pour ses papiers* : Oh ! là !... Oh ! là !

Il se précipite pour les défendre.

JULIE, *de même* : Toujours dehors : au Bois[2], aux courses, dans les grands magasins...

FOLLAVOINE, *défendant ses papiers comme il peut* : Non, je t'en prie !... je t'en prie !...

JULIE, *continuant, sans se démonter* : ... Au skating[1] le matin ; au skating l'après-midi !

FOLLAVOINE, *de même* : Je t'en prie, veux-tu... ?

JULIE, *de même* : Quel joli but dans l'existence !

FOLLAVOINE, *de même* : Non ! Ça ne va pas là ! laisse ! laisse !

Il l'écarte vers la droite.

JULIE : Mais quoi ?

FOLLAVOINE, *tout en essayant de remettre ses papiers en place* : Mes papiers ! Je ne t'ai pas demandé de ranger !

JULIE : Je ne peux pas voir une table en désordre.

FOLLAVOINE : Eh ! bien, ne la regarde pas ! mais laisse-la tranquille.

JULIE, *redescendant par la droite* : Eh ! je m'en fiche de la table.

Elle ramasse en passant son seau de toilette.

FOLLAVOINE : Oui ! Eh bien, prouve-le-lui !... et va ranger chez toi ! *(Grommelé entre ses dents.)* Ce besoin de faire le ménage partout !

Il s'est assis à sa table.

JULIE, *qui a contourné la table de façon à arriver au coin gauche. — Revenant à la charge* : Oui, enfin ! voilà comment tu voudrais que je sois, hein ?

FOLLAVOINE, *hors de ses gonds, presque crié* : Quoi « que tu sois » ? que tu sois quoi ? Je ne sais pas de quoi tu me parles.

JULIE : Comme ces femmes-là ?

FOLLAVOINE, *exaspéré et tout en rangeant ses papiers* : Est-ce que je sais ? Je ne te demande que de ne pas fouiller dans mes papiers ; c'est pas beaucoup !

JULIE, *ne lâchant pas prise ; gagnant la gauche avec des dandinements et des gestes de menuet, ce qui imprime au seau qu'elle tient à la main un balancement d'encensoir plein de menace pour le tapis* : ... une mondaine ? une madame Benoîton ? *(Changeant de ton.)* Désolée, mon cher ; mais je n'ai pas été élevée à ça.

FOLLAVOINE, *qui en a par-dessus la tête* : Oui, bon ! eh bien, tant mieux !

JULIE, *revenant vers lui — coin gauche de la table — et déposant tout en parlant son seau sur des papiers à Follavoine juste au moment où celui-ci se dispose à les prendre* : Tu sauras que ma famille... !

FOLLAVOINE, *empêché de retirer ses papiers par le poids du seau* : Oh !... Allons, voyons !

JULIE, *tout en soulevant le seau, de façon à libérer les papiers* : ... que ma famille...

FOLLAVOINE, *levant les yeux au ciel* : Oh !

JULIE : ... quand il s'est agi de mon éducation, n'a eu qu'une chose en vue : c'est de faire de moi une femme d'intérieur et une bonne ménagère.

FOLLAVOINE : Écoute, je t'assure, c'est très intéressant, mais il est onze heures et…

JULIE, *lui coupant la parole* : Ça m'est égal !… C'est ainsi qu'on m'a appris à faire tout par moi-même !… et à ne compter que sur moi ! parce qu'on ne sait jamais, dans la vie, si on aura toujours des gens pour vous servir[1].

Elle gagne la gauche avec dignité.

FOLLAVOINE, *hausse les épaules, lève les yeux au ciel, puis* : Tes bas !

JULIE : Ah ! Zut ! *(Sans prendre la peine de s'asseoir, elle relève vivement ses bas en se mettant successivement sur une jambe et sur l'autre, puis reprenant.)* J'ai été dressée à ça toute petite ; si bien que c'est devenu chez moi comme une seconde nature. *(S'asseyant sur le fauteuil à droite de la table.)* Maintenant est-ce un bien ? Est-ce un mal ? *(S'accoudant sur le rebord de la table, la tête appuyée sur la main.)* Je ne peux dire qu'une chose je tiens ça de ma mère.

FOLLAVOINE, *occupé à parcourir ses papiers et sans aucune intention* : Ah ?… ma belle-mère.

JULIE, *la tête à demi tournée vers Follavoine et sur un ton pincé* : Non !… « ma mère » !

FOLLAVOINE, *de même* : Eh ! bien, oui ; c'est la même chose.

JULIE, *sur le même ton* : C'est possible ! mais « ma

mère », c'est tendre, c'est affectueux, c'est poli ; tandis que « ma belle-mère », ça a quelque chose de sec, d'aigre-doux, de discourtois que rien ne justifie.

FOLLAVOINE, *de même* : Oh ! moi, tu sais, je veux bien.

JULIE : J'ai dit « ma mère » ; eh ! bien, c'est « ma mère ». Inutile de me corriger pour me dire : « ma belle-mère ».

FOLLAVOINE : Je t'assure que si j'ai dit « ma belle-mère », c'est que vis-à-vis de moi…

JULIE, *se dressant comme mue par un ressort, et dos au public, les mains crispées au rebord de la table, le corps penché en avant comme pour dévorer son mari* : Quoi ? Elle n'a pas toujours été correcte ? Tu as quelque chose à lui reprocher[1] ?

FOLLAVOINE, *le corps rejeté le plus en arrière possible au fond de son fauteuil, afin de se mettre hors de la portée de Julie. — Avec véhémence* : Mais non ! mais non ! Qu'est-ce que tu vas chercher ? Seulement, ça n'empêche pas tout de même que vis-à-vis de moi, ta mère…

JULIE, *qui a gagné le milieu de la scène, se retournant, et hautaine et tranchante* : Ah ! Et puis, je t'en prie, hein ? En voilà assez avec ma mère !

FOLLAVOINE, *ahuri* : Quoi ?

JULIE : C'est vrai ça ! Cette façon de tomber toujours sur cette malheureuse !… de la cribler de lardons à tout propos… !

FOLLAVOINE : Moi !

JULIE : Tout ça, parce que j'ai eu le malheur d'apporter mon seau de toilette dans ton cabinet de travail[1] !

FOLLAVOINE : Ah ! non, celle-là, par exemple… !

JULIE, *glissant son bras dans l'anse du seau qui est toujours sur la table de son mari* : Mais on va l'enlever, mon seau ! Voilà, je l'enlève ! il n'y a pas de quoi faire une histoire ! Je l'enlève !

FOLLAVOINE, *ronchonnant, tout en affectant de se plonger dans ses papiers* : Eh ! ben !… C'est pas un mal.

JULIE, *bougonnant, tout en remontant vers la porte de sa chambre* : Non ! Faire une sortie pareille pour un misérable seau de toilette, vraiment, on aurait commis un crime… ! *(Arrivée sur le seuil de sa porte[2], elle s'arrête. Une réflexion a traversé son cerveau, elle fait volte-face, redescend jusqu'à la table, pose son seau dessus et à la même place que précédemment, puis :)* Seulement, tu sais ! une autre fois, quand tu auras un reproche à me faire…

FOLLAVOINE, *l'interrompant.* Non, pardon !… pardon !…

JULIE, *interloquée* : Quoi ?

FOLLAVOINE : Voilà le seau revenu !

JULIE, *entre les dents* : Idiot ! *(Reprenant.)*… Quand tu auras un reproche à me faire, tu voudras bien me le dire en face !… et ne pas t'en prendre à maman !

Elle descend légèrement en scène, laissant le seau sur la table.

FOLLAVOINE, *hors de ses gonds, gagnant vers Julie* : Mais, nom d'un petit bonhomme ! qu'est-ce que j'ai dit, sacrebleu ?

JULIE : Oh ! rien, rien. C'est entendu ! Il ne te manque plus que de faire l'hypocrite !

FOLLAVOINE, *excité et impuissant à lutter* : Oh !

Il remonte fond gauche.

JULIE, *gagnant au-dessus de la table sur laquelle machinalement elle recommence son rangement, tout en parlant* : Comme si je ne comprenais pas toujours très bien ce que tu veux dire… quand tu ne dis rien !

FOLLAVOINE, *se retournant* : Non ! ça, c'est un comble ! Comment ! Je dis… *(Se précipitant en voyant sa femme farfouiller dans ses papiers.)* Ah ! non, non ! laisse mes papiers tranquilles à la fin des fins !… *(Il s'est substitué à Julie qu'il a fait passer à gauche de la table.)* Qu'est-ce que c'est que cette manie que tu as… ?

JULIE, *sur un ton péremptoire* : J'aime l'ordre.

FOLLAVOINE, *haussant les épaules* : Ah ! « tu aimes l'ordre ! tu aimes l'ordre » ! *(Lui montrant le seau sur la table et le lui tendant.)* Regarde ça, « tu aimes l'ordre » !

JULIE, *prenant le seau* : Eh ! ben, quoi ?...

FOLLAVOINE, *ronchonnant* : « Tu aimes l'ordre » ! Tu ne ferais pas mal d'aller en mettre un peu dans ta toilette ! *(Se levant.)* Je t'en supplie ! tu avais eu un bon mouvement tout à l'heure ; tu étais presque partie avec ton seau ; il a fallu que tu me le rapportes...

JULIE, *lui coupant la parole et sur un ton péremptoire* : J'ai à te parler[1].

FOLLAVOINE, *la poussant doucement dans la direction de sa chambre* : Oui, eh ! bien, plus tard !

JULIE : Non, pas plus tard. Tu penses bien que si tout à l'heure, je t'ai fait demander...

FOLLAVOINE, *près du canapé, ainsi que Julie* : Je t'en prie, il est onze heures ; tu n'as pas encore commencé à t'habiller ; nous avons les Chouilloux à déjeuner...

JULIE : « Les Chouilloux ! les Chouilloux » ! c'est ça qui m'est égal.

FOLLAVOINE : Oui, mais pas à moi ! Chouilloux est un homme que j'ai le plus grand intérêt à ménager...

JULIE : Oui, eh ! bien, désolée ! mais il attendra. Il s'agit de Bébé ; et, entre Bébé et Chouilloux, je crois qu'il n'y a pas à hésiter !

FOLLAVOINE, *hors de ses gonds* : Oh ! Mais quoi ? Quoi, « Bébé » ?

JULIE, *passant devant lui et gagnant la droite* : Ou alors dis que tu préfères Chouilloux !

Elle s'assied sur le fauteuil devant la table, avec le seau sur ses genoux.

FOLLAVOINE, *presque crié* : Mais non, mais non ! ça n'a rien à voir ! Je ne mets pas Bébé et Chouilloux en parallèle ; ça n'empêche pas que, quand on reçoit un étranger d'importance, on se met en frais pour lui ; ça n'implique pas qu'on le préfère à sa famille. Chouilloux doit venir un peu avant le déjeuner pour conférer avec moi d'une grosse affaire que j'ai en vue...

JULIE : Eh ! bien, conférez ! Qu'est-ce que ça me fait ?

FOLLAVOINE : Mais il va arriver d'un instant à l'autre ! Tu ne peux pourtant pas le recevoir avec ton peignoir sale, tes bigoudis, ton seau de toilette sur les genoux et tes bas qui tombent sur tes talons !

JULIE, *déposant son seau avec humeur devant elle* : Oh ! que tu m'embêtes avec mes bas ! *(Debout, un pied sur son seau, se baissant déjà pour relever ses bas.)* Alors, quoi ? ton Chouilloux, il ne sait pas ce que c'est que des bas qui ne sont pas attachés ? Non ? Mme Chouilloux, quand elle se lève, elle est en grande toilette ?

FOLLAVOINE, *pendant que sa femme nerveusement relève ses bas* : Je ne sais pas, comment est Mme Chouilloux, quand elle se lève, mais je dis que la tenue n'est pas une tenue pour recevoir des gens que l'on a pour la première fois à déjeuner.

Il remonte au fond.

JULIE, *tout en farfouillant sur la table de Follavoine pour trouver un objet qu'elle cherche* : Eh ! bien, tu es en redingote ; ça fait compensation.

FOLLAVOINE, *se retournant à cette observation* : Moi, je suis correct ! *(Voyant le jeu de scène de sa femme.) Qu'est-ce tu* cherches ? *qu'est-ce tu* cherches ?

JULIE, *prenant dans une boîte des rondelles de caoutchouc* : Tes élastiques !

FOLLAVOINE, *au-dessus de la table* : Quoi ? Quoi ? pourquoi ?

JULIE, *reposant la boîte sur la table et se rasseyant sur son fauteuil* : Comme ça tu me ficheras la paix avec mes bas !...

Elle se passe un élastique à chaque jambe.

FOLLAVOINE : Mais c'est des caoutchoucs pour mes dossiers ! ce n'est pas des jarretières !

JULIE, *tout en achevant de passer ses élastiques, — chacun des « des » très appuyé* : Ce n'est pas des jarretières, parce qu'on n'en fait pas des jarretières ; mais puisque j'en fais des jarretières, ça devient des jarretières[1].

FOLLAVOINE, *gagnant la gauche avec découragement* : Ah ! non ! ce désordre !...

JULIE, *haussant les épaules* : « Tu es correct » ! Si ce n'est pas grotesque : à onze heures du matin, se mettre en redingote !... pour M. Chouilloux !... ce cocu !...

FOLLAVOINE, *regarde sa femme, étonné, puis* : Quoi, « ce cocu » ?... Qu'est-ce que ça signifie : « ce cocu » ? Qu'est-ce que tu en sais ?

JULIE, *heureuse de mettre son mari dans son tort* : Ah !... c'est toi qui me l'as dit.

FOLLAVOINE : Moi !

JULIE : Je ne l'ai pas inventé, n'est-ce pas ? Je ne connais pas Chouilloux. Ce serait un de mes amis, on me dirait : « C'est vous qui avez dit ça ! » Je répondrais : « C'est possible ! » Mais je n'ai jamais vu Chouilloux !... je ne sais pas comment il a le nez fait ; il n'est pas de mes amis ; je n'ai donc pas de raison d'en dire du mal.

Elle passe devant Follavoine et gagne la gauche.

FOLLAVOINE, *adossé au coin de sa table* : Chouilloux, cocu ! Si on peut dire !

JULIE, *redescendant vers lui* : Faut croire qu'on peut, puisque tu me l'as dit.

FOLLAVOINE : Je te l'ai dit, je te l'ai dit... quand je n'avais pas besoin de lui ! mais maintenant que j'ai besoin de lui...

JULIE, *du tac au tac et nez à nez avec Follavoine* : Quoi ? Il n'est plus cocu ?

FOLLAVOINE : Non !... Si !... Enfin nous n'avons pas à le savoir !... Ce n'est pas comme tel que nous le recevons[1].

Il gagne l'extrême droite.

JULIE : En vérité !

FOLLAVOINE, *remontant par l'extrême droite jusqu'au-dessus de sa table* : C'est un homme qui actuellement peut m'être très utile...

JULIE : En quoi ?

FOLLAVOINE : Pour une grosse affaire que je mijote ; ce serait trop long à t'expliquer.

JULIE, *gagnant la droite* : Oui. Oh ! je sais tu as des idées larges, quand ton intérêt est en jeu !

FOLLAVOINE : Enfin, quoi ? Ça te gêne qu'il soit cocu ?

JULIE : Ah ! là, là, non ! Il peut bien l'être dix fois plus ! Mais ce qui me gêne, c'est que tu m'amènes sa femme à déjeuner ; ça oui !

FOLLAVOINE, *côté gauche de la table* : Je ne pouvais pas inviter monsieur sans madame ; ça ne se fait pas.

JULIE : Oui ? Et son amant, M. Horace Truchet ? tu étais obligé d'inviter son amant ?

FOLLAVOINE : Mais évidemment ! c'est l'usage, ma chère amie ! c'est l'usage[2] ! On les invite partout comme ça. C'est-à-dire que si je n'avais pas convié M. Truchet, c'eût été un manque de tact !... Chouilloux aurait pu même se demander ce que cela voulait dire ! Enfin quoi... ? ça ne se fait pas !

JULIE, *adossée à la table, et les bras croisés* : C'est admirable ! Ce qui fait que nous les avons tous les trois ! l'adultère au complet ! Ah ! c'est moral ! *(Ramassant son seau et gagnant la gauche.)* Joli contact pour ta femme ! et bel exemple pour Toto !

FOLLAVOINE, *descendant en scène* : Oh ! Toto ! il a sept ans... !

JULIE : Il ne les aura pas toujours.

FOLLAVOINE : Bien oui, mais, en attendant, il les a.

JULIE : Oh ! Évidemment ! évidemment ! Sa santé morale, c'est comme sa santé physique : tu t'en soucies comme de l'an quarante !

FOLLAVOINE, *les bras au ciel tout en remontant au-dessus de sa table* : Là ! Là ! Qu'est-ce que ça veut dire ? Qu'est-ce que ça signifie ?

JULIE, *déposant vivement son seau au milieu de la scène, et remontant aussitôt rejoindre son mari qui s'est assis à sa table* : Mais... mais il n'y a qu'à voir : voilà une heure que j'essaye de te parler de Bébé[1] ; de t'entretenir de sa santé ; et qu'il n'y a pas moyen de placer un mot ! Chaque fois que j'ouvre la bouche, que je dis : « Bébé », tu me réponds : « Chouilloux » ; il n'y en a que pour Chouilloux ! « Chouilloux, Chouilloux », et toujours « Chouilloux » !

FOLLAVOINE, *à bout de patience* : Mais enfin, quoi ? Qu'est-ce qu'il y a ? Qu'est-ce que tu as à me dire ?

JULIE, *péremptoire* : J'ai à te parler.

FOLLAVOINE : Eh ! bien, parle !

JULIE : Ah ?… C'est pas trop tôt !

Elle descend et va s'asseoir sur son seau comme sur un tabouret.

FOLLAVOINE, *bondissant sur son siège et donnant un grand coup de poing sur la table en voyant sa femme sur le seau à toilette* : Ah ! non ! non !

JULIE, *ahurie* : Quoi ?

FOLLAVOINE : Tu ne peux pas te fourrer autre part que sur ton seau ? tu trouves qu'un seau de toilette est fait pour s'asseoir ?

JULIE : Ça n'a pas d'importance ! je suis très bien.

FOLLAVOINE : Mais non, mais non ! Un seau de toilette n'est pas un siège ; je te prie de te mettre sur une chaise.

JULIE, *le toisant, puis détournant la tête avec dédain, tout en se levant* : Ah !… ce que tu es snob !

FOLLAVOINE : Il n'y a pas de snobisme ; tu peux faire un faux mouvement, me flanquer ton seau par terre, je n'ai pas envie d'avoir tes eaux sales sur mon tapis.

JULIE : Eh ! bien, ça le lessiverait.

FOLLAVOINE : Merci, trop aimable ! j'aime mieux

autre chose. Enfin, quoi, « Bébé » ? Qu'est-ce qu'il y a, « Bébé » ?

JULIE, *avec une soumission dédaigneuse* : Ah !... je peux ?

FOLLAVOINE, *les nerfs à fleur de peau* : Bien oui, tu peux !

JULIE, *qui est allée chercher la chaise près du canapé, l'apportant près de la table à côté de son mari et s'asseyant* : Eh ! bien, voilà : Je suis très ennuyée.

FOLLAVOINE : Ah !

JULIE : Je ne suis pas contente de Toto.

FOLLAVOINE : Oui !... Qu'est-ce qu'il a fait ?

JULIE : Il n'a pas été ce matin.

FOLLAVOINE, *répétant comme un écho, sans comprendre* : Il n'a pas été[1] !

JULIE : Non.

FOLLAVOINE : Il n'a pas été... où ça ?

JULIE, *tout de suite soupe au lait* : Quoi ! « où ça » ? Nulle part ! « Il n'a pas été », un point, c'est tout. Il me semble que c'est clair.

FOLLAVOINE, *comprenant* : Ah ! oui, au...

JULIE, *brutale* : Eh ! bien, oui !... *(Changeant de ton.)* Nous avons essayé... ! quatre reprises différentes ! pas de résultat !... Une fois, oui ! Oh !... rien ! *(Tendant son petit doigt avec l'ongle du pouce contre l'avant-dernière phalange.)* grand comme ça !...

FOLLAVOINE : Ah !

JULIE, *levant les yeux au ciel* : Et dur !

FOLLAVOINE, *hochant la tête* : Oui !... c'est de la constipation.

JULIE, *navrée* : C'est de la constipation.

FOLLAVOINE : Oui !... Eh ! ben ?... Qu'est-ce que tu veux que j'y fasse ?

JULIE, *scandalisée* : Comment, « ce que je veux » !

FOLLAVOINE : Dame ! Je ne peux pas aller pour lui.

JULIE, *se levant* : Oh ! c'est malin ! c'est malin, ce que tu dis là ! Évidemment, tu ne peux pas aller pour lui !

FOLLAVOINE : Alors ?...

JULIE : Ça me ferait une belle jambe, que tu ailles pour lui ! Mais ce n'est pas une raison parce qu'on ne peut pas aller pour les gens, pour les laisser crever. *(Descendant gauche.)* Vraiment, tu es d'une indifférence !

FOLLAVOINE, *se levant à son tour et rejoignant sa femme. — Avec bonhomie* : Enfin, tu ne veux pas pourtant que je me mette à pleurer parce que ce petit est un peu constipé.

JULIE : Pourquoi donc pas ? Il ne faut jamais plaisanter, avec la constipation !...

FOLLAVOINE, *incrédule* : Oh !

JULIE, *avec importance* : J'ai lu dans un livre qui s'appelle : *Les Coulisses de l'histoire*[1], qu'un bâtard de Louis XV avait failli mourir à sept ans des suites d'une constipation opiniâtre.

FOLLAVOINE : Eh ! bien, oui ! mais elle était opiniâtre et il était bâtard de Louis XV, ce qui n'est le cas de Toto ni d'un côté ni de l'autre.

JULIE : Oui, mais Toto a sept ans comme lui ! et il est constipé comme lui !

FOLLAVOINE : Eh ! bien, mon Dieu ! il n'y a qu'à le purger.

JULIE, *avec un air de pitié pour Follavoine* : Oh !... évidemment.

FOLLAVOINE : Eh ! bien, purge-le !

Il gagne la droite.

JULIE : Merci ! ce n'est pas ton autorisation que je demande ! Seulement avec quoi le purger ? Il y a les purgations minérales... et les purgations végétales.

FOLLAVOINE, *qui est revenu près de sa femme* : Donne-lui de l'huile de ricin ; il la prend facilement et ça lui réussit bien.

JULIE, *catégorique* : Ah ! non ! non ! L'huile de ricin, non ! j' peux pas la supporter ! je la rends immédiatement.

FOLLAVOINE : Mais... il ne s'agit pas de te la faire prendre à toi ; c'est à ton fils.

JULIE : Oui, mais c'est la même chose ! Rien que de la voir, rien que d'en parler... ! *(Elle a un haut le cœur.)* ah ! non !... D'ailleurs, je ne vois pas pourquoi tu fais toutes ces complications ! Nous avons de côté, dans le placard à pharmacie, une bouteille d'Hunyadi-Janos[1], je ne vois pas pourquoi on ne l'utiliserait pas, parce que tu préfères l'huile de ricin !

FOLLAVOINE, *ahuri* : Moi !

JULIE, *sur un ton sans réplique* : Il y a de l'Hunyadi-Janos, Bébé prendra de l'Hunyadi-Janos !

FOLLAVOINE, *gagnant l'extrême droite* : Eh ! bien, donne-lui de l'Hunyadi-Janos !... Seulement, je ne vois pas pourquoi tu es venue me consulter.

Il remonte par l'extrême droite jusqu'à sa table.

JULIE : Pour savoir ce que j'avais à faire.

FOLLAVOINE : Ah ? bon ! il n'y paraît pas !

Il s'assied à sa table.

JULIE : C'est gai d'avoir à le purger, cet enfant ! Mais c'est toujours comme ça ! Chaque fois que je le confie à sa grand-mère...

FOLLAVOINE, *distrait, occupé qu'il est à jeter les yeux sur un papier* : Quelle grand-mère ?

JULIE, *ton tranchant et sec* : Eh ! bien... sa grand-mère !... Il n'en a pas trente-six. Ta mère habite Düsseldorf, ça ne peut être que maman.

Elle s'assied sur le canapé.

FOLLAVOINE : Ah ! oui !... ta mère.

JULIE : Eh bien, oui, ma mère. *(L'imitant.)* « *Ta* mère ! *Ta* mère ! » Je le sais qu'elle est *ma* mère !

Cette façon de dire : « *Ta* mère ». Tu as toujours l'air de me la reprocher.

FOLLAVOINE, *ahuri* : Moi !

JULIE, *revenant à son antienne* : Non, mais c'est bien ça : Toutes les fois qu'elle sort avec Bébé, ça ne manque pas ; elle le bourre de gâteaux, de bonbons... !

FOLLAVOINE, *tout en écrivant quelques notes* : Oh ! bien !... toutes les grand-mères sont comme ça.

JULIE : C'est possible ! mais elle a eu tort ! Surtout que je l'avais priée de n'en rien faire.

FOLLAVOINE : Oh ! bien, elle n'a pas cru, la pauvre femme... !

JULIE, *se montant* : « Elle n'a pas cru, elle n'a pas cru », c'est entendu ! mais elle a eu tort tout de même.

FOLLAVOINE, *indulgent* : Oh ! ben... !

JULIE, *s'emballant* : Mais si ! mais si ! il n'y a pas d'« oh ben » !... C'est curieux, ça, cette affectation que tu mets à donner toujours raison à maman[1] !... à prendre son parti contre moi ! Je te dis qu'elle a eu tort : eh bien, elle a eu tort.

FOLLAVOINE, *pour avoir la paix* : Bon !... bon !

JULIE : Résultat : Bébé ne va pas et on est obligé de le purger.

FOLLAVOINE : Eh ! bien, oui, mon Dieu, c'est embêtant ; mais il n'en mourra pas.

JULIE, *à ce mot, se dresse révoltée* : Mais je l'espère bien ! qu'il n'en mourra pas ! Ah ! bien, merci !

(Fonçant sur son mari et le secouant.) Mais c'est monstrueux, ce que tu dis là !... « Il n'en mourra pas » ! en parlant de ton fils ! Mais c'est ton enfant, tu sais ! Tu n'as pas l'air de t'en douter ; il est de toi !

FOLLAVOINE : Mais je l'espère bien !

JULIE : Je ne suis pas comme Mme Chouilloux, moi ! Je ne fais pas faire ton ouvrage par mes petits cousins !

FOLLAVOINE : Ah ! tiens, laisse-moi tranquille !

JULIE, *redescendant et gagnant la droite* : Quand j'ai un enfant, moi, il est de mon mari !

FOLLAVOINE : Mais qui est-ce qui te dit le contraire ?

JULIE, *s'asseyant sur le fauteuil devant la table* : Ah ! c'est que c'est si peu d'un père, ta façon d'être ! Tiens, tu mériterais qu'il ne fût pas de toi, ton fils !

FOLLAVOINE, *haussant les épaules* : Oh ! tu es bête !

JULIE : Tu mériterais que ce fût un bâtard, lui aussi !... Et que je l'aie eu... *(Ne trouvant pas de nom à mettre en avant.)* avec Louis XV !

FOLLAVOINE, *riant sous cape* : Avec Louis XV !

JULIE : Oui, monsieur !

FOLLAVOINE : Eh bien, n... de D... ! ça t'en ferait de la cave[1] !

JULIE : Oh ! je t'engage à rire, va ! je t'engage à rire !

FOLLAVOINE, *obsédé* : Ah ! et puis écoute, hein ? en voilà assez, je crois ! l'incident est clos ! C'est décidé qu'on purge Bébé ; eh ! bien, va purger Bébé !

JULIE, *la tête basse, le regard dans le vide et d'une voix navrée* : Ah ! Ça va être un drame !

FOLLAVOINE, *se levant* : Eh ! bien, ça sera un drame ; tant pis ! Je t'en prie, maintenant, laisse-moi ! j'ai à me recueillir avant l'arrivée de Chouilloux, pour savoir comment disposer mes batteries. Va ! va !… va t'habiller !

Il remonte vers la bibliothèque qui est au-dessus de lui.

JULIE, *se levant avec effort et remontant vers sa chambre, tout en marmonnant, d'une voix désolée, des phrases entrecoupées* : Ah ! ce pauvre petit !… quand je pense qu'il va falloir le purger… j'en suis malade d'avance…

FOLLAVOINE, *qui déjà a ouvert le battant droit de la bibliothèque, en se retournant, apercevant le seau abandonné par Julie au milieu de la scène. Appelant* : Julie ! Julie !

JULIE, *de la même voix dolente* : Quoi ?

FOLLAVOINE, *indiquant le seau* : Je t'en prie : ton seau !… Je t'assure, je l'ai assez vu.

JULIE, *furieuse, tout en redescendant chercher son seau* : Eh ! quoi, « mon seau, mon seau » ! toujours « mon seau » !… « Chouilloux, mon seau !… mon seau, Chouilloux ! » on n'entend que ça !

FOLLAVOINE : Mais, sacristi ! un cabinet de travail n'est pas un endroit pour promener des seaux de toilette !

Tout en parlant, il a tiré de sa bibliothèque un vase de nuit qu'il exhibe juste sur ces derniers mots.

JULIE, *se calmant aussitôt et sur un ton gouailleur* : Ah ! bien, non, tu sais, tu as du culot ! Tu me fais une scène pour mon seau et tu te promènes avec un pot de chambre !

FOLLAVOINE, *sur un ton vexé* : Un pot de chambre !

JULIE : Dame, à moins que ce ne soit une coiffure que tu lances[1].

FOLLAVOINE : Un pot de chambre ! Tu oses comparer ton seau de toilette… à ça ! Mais ton seau de toilette, ça n'est que… que ton seau de toilette ! c'est-à-dire un objet vil, bas, qu'on n'étale pas, qu'on dissimule !… *(Avec l'admiration qu'on aurait pour un objet d'art, tendant son vase en lui faisant comme un socle de l'extrémité de ses cinq doigts.)* Tandis que ça, c'est…

JULIE, *lui coupant la parole et tout en descendant vers la droite* : « C'est, c'est »… c'est un pot de chambre ! c'est-à-dire un objet vil, bas, qu'on n'étale pas, qu'on dissimule.

FOLLAVOINE, *descendant près de sa femme et avec lyrisme* : Oui, pour toi, pour n'importe qui, pour les profanes ; mais pour moi c'est quelque chose de plus noble, de plus grand, que je ne rougis pas d'introduire ici ! C'est le produit de mon travail ! un échantillon de mon industric ! ma marchandise ! mon… mon gagne-pain !

JULIE, *avec une petite révérence gouailleuse* : Eh ! bien, mange, mon ami ! mange !

Elle gagne la droite.

FOLLAVOINE, *allant déposer son vase sur le petit guéridon à gauche du canapé* : Oui ! Blague ! blague ! Tu ne blagueras pas toujours ! Quand nous nous en ferons cent mille livres de rente… !

JULIE, *adossée contre la table de droite et tout en faisant passer son seau de son bras droit fatigué à son bras gauche* : Cent mille livres de rente de pots de chambre ?

FOLLAVOINE, *allant rejoindre sa femme* : De pots de chambre, parfaitement ! ça t'étonne et pourtant, si Dieu le veut… et Chouilloux ! ça se fera !

JULIE : Quoi ? Quoi ? Qu'est-ce que c'est que cette histoire ?

FOLLAVOINE : Il n'y a pas d'histoire ! Je ne t'en parlais pas, pour te réserver la surprise si je réussissais ; mais puisque c'est comme ça… ! Alors tu ne sais pas… tu ne sais pas qu'aujourd'hui le gouvernement n'a plus qu'un objectif : améliorer le sort du soldat[1] ! On le soigne, on le dorlote, on le met dans du coton ; dernièrement on a été jusqu'à lui coller des pantoufles !

JULIE : Des pantoufles au soldat !

FOLLAVOINE : Comme je te le dis.

JULIE : C'est martial !

FOLLAVOINE : Et naturellement on ne veut pas en rester là. C'est comme cela que maintenant on vient de décider, afin que les hommes ne soient plus exposés à attraper froid en descendant la nuit par le vent, par la pluie, que désormais chaque soldat de l'armée française aurait son vase de nuit !

JULIE, *ébahie* : Non !

FOLLAVOINE : Personnel et à son matricule.

JULIE, *bouche bée* : Ah !… ce que ça en fera !

FOLLAVOINE : Conséquence : prochainement adjudication de cette nouvelle… fourniture militaire ; et moi, comme fabricant de porcelaine, j'ai décidé de soumissionner. Et c'est ici que Chouilloux apparaît comme le *Deus ex machina !…*

JULIE : Qu' ça veut dire ?

FOLLAVOINE, *interloqué* : quoi ?

JULIE : Chose, là !… « ta quina » ?

FOLLAVOINE, *avec un sourire indulgent* : Quoi ? « *ta*china » ? *(Corrigeant.)* « *ma*china » !

JULIE, *brusque* : Eh ! ben, soit : « machina » ! Je te demande ce que ça signifie ?

FOLLAVOINE : Ce que ça… ?

JULIE : Oui !...

FOLLAVOINE : Eh ! ben, euh... !

JULIE : Eh ! bien, va !

FOLLAVOINE : Ah ! c'est que c'est pas facile à dire.

JULIE : Pourquoi ? c'est cochon ?

FOLLAVOINE, *riant* : Mais non c'est pas cochon ! *Deus ex machina*[1], c'est... c'est une expression comme ça ! Les Grecs... les Grecs employaient cette locution pour désigner un gros bonhomme !... un gros manitou.

JULIE : Aha !... Un obèse !

FOLLAVOINE : Mais non, un homme de grosse influence.

JULIE : Ah ! un... C'est au figuré !

FOLLAVOINE : C'est au figuré. Eh ! bien, Chouilloux, c'est ça ! Chouilloux, c'est le président de la commission d'examen, chargée par l'État d'adopter le modèle qui sera imposé comme type à l'adjudicataire. Comprends-tu maintenant l'intérêt qu'il y a à se le ménager ? J'ai le brevet de la porcelaine incassable, n'est-ce pas ? Que par l'influence de Chouilloux la commission adopte la porcelaine incassable ; ça y est ! l'affaire est dans le sac et ma fortune est faite !

JULIE, *reste un instant songeuse, hochant la tête, puis* : Oui !... et ça te mènera à quoi, ça ?

FOLLAVOINE, *avec emballement* : À quoi ? Mais si je réussis, c'est le pactole ! Je deviens du jour au lendemain le fournisseur exclusif de l'armée française.

JULIE : Le fournisseur des pots de chambre de l'armée française ?

FOLLAVOINE, *avec orgueil* : De tous les pots de chambre de l'armée française !

JULIE : Et… on le saura ?

FOLLAVOINE, *de même* : Mais naturellement qu'on le saura !

JULIE : Oh ! non… Oh ! non, non, non, non, non, non !… je ne veux pas être la femme d'un monsieur qui vend des pots de chambre.

FOLLAVOINE : Hein !… Mais en voilà des idées ! Mais songe que c'est la fortune !

JULIE : Ça m'est égal ! c'est dégoûtant !

Elle gagne l'extrême droite.

FOLLAVOINE : Mais, nom d'un chien ! qu'est-ce que je fais donc d'autre, aujourd'hui ? j'en vends des vases de nuit ! j'en vends tous les jours !… pas sur ce pied-là ; mais j'en vends !

JULIE, *revenant devant la table* : Oh ! « tu en vends, tu en vends »… comme tu vends d'autres choses ; tu es fabricant de porcelaine : c'est tout naturel que tu vendes les articles qui relèvent de ton industrie ; c'est normal, c'est avouable, c'est bien ! mais te spécialiser ! devenir le monsieur qui vend des pots de chambre ! Ah ! non, non ! même pour le compte de l'État, non !

FOLLAVOINE, *déconcerté et affolé* : Mais tu es folle ! mais réfléchis !

JULIE, *adossée à la table et les bras croisés* : Oh ! c'est tout réfléchi ! Tu es bien aimable ; mais je n'ai pas envie de marcher dans la vie auréolée d'un vase de nuit ! je n'ai pas envie d'entendre dire, chaque fois que j'entrerai dans un salon : « Qui est donc cette dame ? C'est Mme Follavoine, la femme du marchand de pots de chambre ! » Ah ! non ! non !

FOLLAVOINE, *de plus en plus affolé à la perspective de voir tout son échafaudage s'écrouler* : Ah ! bien, par exemple ! Ah ! bien, si je m'attendais !... Oh ! mais je t'en prie ! Tu ne vas pas au moins aller dire ça à Chouilloux ! Ça serait du joli !

JULIE, *dédaigneuse* : Oh ! Je n'ai rien à dire à Chouilloux !

FOLLAVOINE : Écoute ! Je verrai... Il y aura peut-être moyen d'arranger les choses, de... de mettre un homme de paille, je ne sais pas ! mais ne me fais pas rater ça, je t'en supplie ! et, quand Chouilloux sera là, surtout sois aimable ! sois polie !

JULIE : Non mais, dis donc : Je n'ai pas l'habitude d'être impolie ! J'ai l'usage du monde !

Elle gagne vers lui.

FOLLAVOINE : Je n'en doute pas, je...

JULIE : Mon père a reçu M. Thiers[1] !

FOLLAVOINE : Oui, oh !... tu n'étais pas née.

JULIE : C'est possible, mais mon père l'a reçu tout de même ! alors, n'est-ce pas... ?

Elle passe.

FOLLAVOINE : Oui ? bon ! Alors, ça va bien ! Là ! *(La poussant doucement vers la chambre.)* va purger Bébé ! habille-toi, et débarrasse-moi de ton seau, hein ? veux-tu ?

JULIE, *se dirigeant, accompagnée de Follavoine, vers sa chambre* : Mais quoi ? quoi je l'ai, mon seau ! Je t'en prie, je n'ai pas besoin que tu me dises toujours ce que j'ai à faire.

On sonne.

FOLLAVOINE : Tiens ! on sonne. Sûrement c'est Chouilloux. Je t'en supplie, dépêche-toi ! Si on l'introduisait... !

JULIE, *sur le pas de sa porte* : Eh ! bien, quoi ? il me verrait !

FOLLAVOINE, *la faisant sortir* : Justement ! comme ça, j'aime autant pas ! *(Refermant la porte et redescendant par l'extrême gauche.)* Oh ! les femmes, les femmes ! ce que ça vous complique la vie !... *(Au passage, il reprend son vase de nuit.)* Eh ! bien, qu'est-ce qu'on attend pour introduire Chouilloux ? *(Allant à la porte du fond et par la porte entrouverte, risquant un œil, puis ouvrant complè-*

tement.) Personne ?... *(Parlant à la cantonade.)* Ah çà !... Rose !... Rose !...

Il descend sans refermer la porte et va à son bureau.

SCÈNE III

LES MÊMES, ROSE, *puis* JULIE

ROSE, *sur le pas de la porte* : Monsieur ?

FOLLAVOINE, *debout à son bureau, son vase de nuit dans la main gauche* : Qu'est-ce que c'était ? Qui est-ce qui a sonné ?

ROSE : C'est une dame qui venait pour que monsieur lui arrache une dent.

FOLLAVOINE : Moi ! est-ce que c'est mon affaire ? Il fallait l'envoyer chez le dentiste[1].

ROSE : C'est ce que j'ai fait. Elle est montée au-dessus.

FOLLAVOINE, *passant son vase de la main gauche dans la main droite* : C'est insupportable ! C'est tout le temps la même chose !

ROSE, *qui dès cet instant a les yeux fixés sur le vase de nuit* : Oh !... Est-ce que monsieur sait ?

FOLLAVOINE : Quoi ?

ROSE : Qu'il a son vase de nuit à la main ?

FOLLAVOINE : Oui, je sais ! je sais ! merci.

ROSE : Ah ?... Je croyais, que c'était une distraction !... pardon !

FOLLAVOINE : D'ailleurs, ce n'est pas un vase de nuit ! c'est un article d'équipement militaire.

Il pose le vase à sa droite sur le tas de dossiers qui est à gauche de la table.

ROSE : Ah ?... Eh ! bien, c'est curieux comme ça ressemble à un vase de nuit !

FOLLAVOINE, *la congédiant* : Oui ! ça va bien, ma fille !... Allez ! Allez !

Rose sort par le fond.

FOLLAVOINE, *s'assied à sa table et calcule* : Voyons, étant donné que sur le pied de paix l'armée française compte à peu près trois cent mille hommes[1], à un vase de nuit par homme, si le vase de nuit revient...

JULIE, *toujours dans la même tenue, passant brusquement la moitié du corps dans l'entrebâillement de la porte pan coupé* : Bastien ! viens un peu !

FOLLAVOINE, *tout à son problème. — Sèchement, sans lever la tête* : Chut !... j'ai pas le temps !

JULIE, *descendant en scène avec son seau dans la main droite* : Je te dis de venir ! Bébé ne veut pas se purger.

FOLLAVOINE, *de même, relevant la tête* : Eh ! bien, force-le ! Tu as assez d'autorité... ! *(Apercevant le seau au bras de sa femme.)* Ah !...

JULIE : Quoi ?

FOLLAVOINE, *se dressant et sur un ton indigné* : Tu me rapportes encore ton seau !

JULIE : Je n'ai pas eu le temps d'aller le vider[1]. Je t'en prie, viens ! je...

FOLLAVOINE, *éclatant* : Ah ! non ! non ! je l'ai assez vu celui-là !... remporte-moi ça ! remporte-moi ça !

JULIE : Oui ! bon !... Je t'en prie : il y a Bébé qui...

FOLLAVOINE : Allez ! Allez ! remporte-moi ça !

JULIE : Mais je te répète...

FOLLAVOINE : Je m'en fiche, remporte-moi ça !

JULIE : Mais je...

FOLLAVOINE : Remporte-moi ça !

JULIE, *se rebiffant et descendant déposer son seau au milieu de la scène* : Ah ! Et puis tu m'ennuies à la fin, avec mon seau !

FOLLAVOINE, *ahuri* : Quoi ?

JULIE, *devant le canapé* : « Remporte-moi ça ! Remporte-moi ça ! » Je ne suis pas ta domestique !

FOLLAVOINE, *n'en croyant pas ses oreilles* : Qu'est-ce que tu dis !

JULIE : C'est vrai ça ! C'est toujours moi qui fais tout ici ! S'il te gêne, mon seau, tu n'as qu'à le remporter !

FOLLAVOINE : Moi !

JULIE : Je l'ai bien apporté, tu peux bien le rapporter à ton tour.

FOLLAVOINE, *descendant vers Julie* : Mais, sacristi ! ce sont tes eaux sales, ce ne sont pas les miennes !

JULIE, *passant devant lui* : Oui ?... Eh ! bien, je te les donne ! Tu n'as donc plus de scrupules à avoir !

Elle s'esquive en remontant par le milieu de la scène, vers sa chambre.

FOLLAVOINE, *courant après sa femme et s'efforçant de la rattraper par le pan de son peignoir* : Julie !... Julie ! tu n'es pas folle !

JULIE : Je te les donne, je te dis ! Je te les donne !

Elle disparaît dans sa chambre.

FOLLAVOINE, *sur le pas de la porte, parlant par l'entrebâillement* : Julie ! Veux-tu remporter ça !... Julie !

SCÈNE IV

FOLLAVOINE, ROSE, CHOUILLOUX

ROSE, *arrivant du fond et introduisant Chouilloux* : Monsieur Chouilloux !

FOLLAVOINE : Veux-tu rem... !

CHOUILLOUX, *descend légèrement en scène. Il est en redingote, rosette de la Légion d'honneur à la boutonnière* : Bonjour, cher monsieur Follavoine !

FOLLAVOINE, *sans se retourner* : Ah ! vous, foutez-moi l... ! *(Se retournant à ce moment, tandis que Rose sort, et reconnaissant Chouilloux.)* Hein ! monsieur Chouilloux ! Déjà !

CHOUILLOUX : Est-ce que j'arrive trop tôt ?

FOLLAVOINE : Du tout ! du tout ! Seulement je conversais avec Mme Follavoine ; alors, je n'avais pas entendu sonner.

CHOUILLOUX : J'ai sonné, cependant ; et on m'a ouvert. *(Badin.)* Je n'ai pas encore le don de traverser les murailles !

FOLLAVOINE : Ah ! Charmant ! Charmant !

CHOUILLOUX, *modeste* : Oh ! mon Dieu... !

FOLLAVOINE, *lui prenant son chapeau des mains* : Si vous voulez vous débarrasser !

CHOUILLOUX : Trop aimable ! *(Descendant et s'arrêtant stupéfait à la vue du seau de toilette.)* Tiens !

FOLLAVOINE, *qui a déposé le chapeau de Chouilloux sur le rebord de la bibliothèque de gauche, descendant vivement pour se placer entre le seau et Chouilloux* : Oh ! pardon ! Excusez ! Je vous en prie ! C'est ma femme qui est venue ici tout à l'heure ; elle tenait ça à la main, et, alors, par distraction… *(En parlant, il est remonté jusqu'à la porte du fond. — L'ouvrant et appelant d'une voix rude.)* Rose !… Rose !

VOIX DE ROSE : Monsieur !

FOLLAVOINE : Eh ! bien, venez ! *(À Chouilloux, tout en redescendant vers lui de telle sorte que le seau soit entre eux deux.)* Je suis confus, vraiment ! Surtout un jour où j'ai l'honneur… !

CHOUILLOUX, *s'inclinant à plusieurs reprises* : Oh ! je vous en prie ! je vous en prie.

FOLLAVOINE, *avec force courbettes* : Je dis ce que je pense, monsieur Chouilloux ! je dis ce que je pense !

CHOUILLOUX, *de même* : Trop aimable !… oui ! vraiment… !

ROSE, *paraissant au fond* : Monsieur m'a appelée ?

FOLLAVOINE* : Oui. Tenez ! Enlevez donc le seau de madame.

ROSE, *stupéfaite* : Ah !... Qu'est-ce qu'il fait là ?

FOLLAVOINE : C'est madame qui l'a laissé par mégarde.

ROSE : Ah ! ben... ! Madame a dû bien sûr le chercher !

Elle le ramasse.

FOLLAVOINE : Oui, c'est bien, allez ! *(Remontant à la suite de Rose et la poussant vers la chambre de Julie.)* Et tenez ! allez donc dire à madame que M. Chouilloux est là !

ROSE : Oui, monsieur.

Elle sort pan coupé gauche.

CHOUILLOUX, *vivement, remontant vers Follavoine* : Oh ! Je vous en prie ! Ne dérangez pas madame.

FOLLAVOINE : Laissez ! Laissez ! Si je ne la presse pas un peu !... Les femmes ne sont jamais prêtes !

CHOUILLOUX : Ah ! bien ! Je ne peux pas dire ça de la mienne !... Tous les matins, c'est la première sortie ! le footing lui est recommandé ; moi ce n'est plus de mon âge ; alors elle a son cousin... qui marche avec elle[1].

* F. n° 1. — R, n° 2 au-dessus du seau. — C, n° 3.

FOLLAVOINE, *étourdiment aimable* : Oui ! oui ! en effet ! C'est... c'est ce qu'on m'a dit !...

CHOUILLOUX : Ça fait tout à fait mon affaire.

FOLLAVOINE : Oui ça... ça ne sort pas de la famille.

CHOUILLOUX : Et puis, ça ne me fatigue pas !... *(Ils rient. — En pivotant pour descendre en scène, Chouilloux aperçoit le vase de nuit sur la table.)* Aha ! je vois qu'on s'occupe de notre affaire !

FOLLAVOINE, *qui est descendu également* : Ah ! oui !... oui !

CHOUILLOUX, *sur le ton d'un homme sûr de son fait. — Indiquant le vase de nuit* : C'est le pot de chambre.

FOLLAVOINE : C'est le... oui !... oui... Ah ! vous... vous avez reconnu ?

CHOUILLOUX, *modeste* : Oui, Oh !... *(En ce disant il a gagné un peu la droite devant la table. Se retournant et considérant le vase.)* Eh ! bien, mais ça ne paraît pas mal !... bien conditionné !...

FOLLAVOINE : Oh ! pour être conditionné, ça !...

CHOUILLOUX : Et, alors, c'est de la porcelaine incassable ?

Il cogne le vase avec son index replié.

FOLLAVOINE, *remontant au-dessus de sa table* : Incassable, parfaitement.

CHOUILLOUX, *en contemplation devant le vase* : Ainsi voyez !... *(Brusquement, s'asseyant sur le fau-*

teuil qui est à droite de la table.) Non, je vous demande ça, parce que c'est le point qui avait retenu notre attention, à M. le sous-secrétaire d'État et à moi.

FOLLAVOINE : Aha ? oui, oui ?

CHOUILLOUX : Parce que, pour la porcelaine ordinaire, après mûre réflexion, nous n'en voulons pas.

FOLLAVOINE : Oh ! que je vous comprends !

CHOUILLOUX : La moindre des choses c'est cassé !

FOLLAVOINE : Ah !... tout de suite !

CHOUILLOUX : Ce serait gaspiller l'argent de l'État.

FOLLAVOINE : Absolument ! *(Indiquant son vase.)* Tandis que ça : bravo ! c'est solide ! on n'en voit pas la fin ! *(Descendant en scène.)* Non, mais, tenez, prenez en main, vous qui êtes connaisseur !

CHOUILLOUX : Oh !... pas plus que ça !

FOLLAVOINE : Si ! Si ! Voyez comme c'est léger !

CHOUILLOUX, *prenant le vase et le soupesant* : Oh ! c'est curieux ! Ça ne pèse pas son poids !

FOLLAVOINE, *prenant le poignet de Chouilloux et l'agitant de façon à imprimer au vase un mouvement de poêle à frire* : Et comme c'est agréable à la main ?... hein ?... C'est-à-dire que ça devient un plaisir. *(Changeant de ton.)* Bien entendu, nous faisons ça en blanc et en couleur ; si vous le désirez, pour l'armée, rayé comme les guérites, par exemple : aux couleurs nationales... ?

CHOUILLOUX : Oh ! non ! Ce serait prétentieux.

FOLLAVOINE : Je suis de cet avis ; et vraiment une augmentation de dépense inutile ?

CHOUILLOUX : Eh ! bien, mais c'est à voir, ça ! c'est à voir ! *(Il repose le vase sur la table et revient à Follavoine.)* On nous a présenté également des vases en tôle émaillée, ce n'est pas mal non plus.

FOLLAVOINE : Oh ! monsieur Chouilloux ! non !... ce n'est pas sérieux !... Vous n'allez pas prendre de la tôle émaillée !

CHOUILLOUX : Pourquoi pas ?

FOLLAVOINE : Mais parce que !... Il ne s'agit plus là de mon intérêt personnel ; je le laisse de côté ! Mais la tôle émaillée, monsieur Chouilloux ! mais ça sent tout de suite mauvais, et puis ça n'a pas la propreté de la porcelaine ! *(Indiquant son vase.)* Ça, à la bonne heure !

CHOUILLOUX : Évidemment il y a du pour et du contre.

FOLLAVOINE : Sans parler de la question d'hygiène !... Vous n'êtes pas sans savoir qu'il est reconnu que la plupart des appendicites sont dues à l'emploi des ustensiles émaillés.

CHOUILLOUX, *moitié riant, moitié sérieux* : Oui, oh ! bien là ! étant donné l'usage qu'on en veut faire, je ne crois pas que... !

FOLLAVOINE : On ne sait jamais, monsieur Chouilloux ! la jeunesse est si légère ! On veut étrenner le récipient tout neuf ; on fait un punch monstre ; la chaleur fait craquer l'émail ; quelques parcelles tombent ; on boit ; on en avale… Enfin, vous savez ce que c'est ?

CHOUILLOUX : Moi ? non !… Non, je vous jure qu'il ne m'est jamais arrivé de boire du punch dans…

FOLLAVOINE : Non ! mais vous avez été soldat.

CHOUILLOUX : Pas davantage ! J'ai passé mon conseil de révision ; on m'a fait mettre tout nu et on m'a dit : « Vous ne devez pas avoir une bonne vue ! » Ça a décidé de ma vocation militaire : J'ai fait toute ma carrière au ministère de la Guerre.

FOLLAVOINE : Ah ?… Ah ? Eh bien, croyez-moi, monsieur ! pas de tôle émaillée ! prenez, si vous voulez, du caoutchouc durci ! du celluloïd ! soit ! Quoique au fond rien ne vaut la porcelaine[1] ! le seul défaut, c'est la fragilité ; eh ! bien, du moment qu'on a paré à cet inconvénient ! Tenez, d'ailleurs, vous allez voir. *(Voulant aller à la table dont Chouilloux lui obstrue le chemin.)* Pardon !

CHOUILLOUX, *ne comprenant pas où il veut en venir et s'effaçant dans le sens du mouvement de Follavoine* : Pardon !

FOLLAVOINE, *indiquant son vase sur la table* : Non, je vais…

CHOUILLOUX, *s'effaçant pour le laisser passer* : Ah ! pardon !

FOLLAVOINE, (n° 2) *prenant le vase sur la table* :

Vous allez voir la solidité. *(Il élève le vase en l'air comme pour le lancer par terre, puis se ravise :)* Non ! ici, avec le tapis, ça ne prouverait rien !... mais là, dans le couloir, c'est du plancher... Vous allez voir ! *(Il est allé, tout en parlant, ouvrir la porte du fond toute grande et redescend avec son vase devant le trou du souffleur, à côté de Chouilloux* (n° 1). — *Indiquant à Chouilloux le point où il faut regarder :)* Là-bas, monsieur Chouilloux ! *(Chouilloux fait mine d'y aller. Follavoine le retenant :)* Non, restez ici, mais regardez là-bas ! *(Au moment de lancer son vase.)* Suivez-moi bien ! *(Le balançant pour lui donner de l'élan.)* Une !... deux !... trois !... *(Lançant le vase et pendant sa trajectoire.)* Hop ! Voilà !

Au moment même où il dit « voilà ! » le vase tombe et se brise ; les deux personnages restent un instant bouche bée comme stupéfiés.*

CHOUILLOUX, *décrivant un demi-cercle autour de Follavoine toujours figé et se trouvant ainsi, face à lui, légèrement au-dessus et à droite, et, partant, face au public* : C'est cassé !

FOLLAVOINE : Hein ?

* *Nota.* — Dans le cas, qui s'est présenté, où le vase en retombant ne se casserait pas, l'artiste chargé du rôle de Follavoine dirait simplement : « Vous voyez ! incassable ! et vous savez, vous pouvez le lancer autant de fois que vous voudrez... D'ailleurs si vous voulez vous en rendre compte : une, deux, trois... Hop ! voilà ! », etc.

CHOUILLOUX : C'est cassé !

FOLLAVOINE : Oh ! oui, c'est... c'est cassé.

CHOUILLOUX, *qui est remonté jusqu'à la porte* : Il n'y a pas !... ça n'est pas un effet d'optique.

FOLLAVOINE, *qui est remonté également* : Non ! non ! C'est bien cassé ! C'est curieux ! Je ne comprends pas ! Car, enfin, je vous jure, c'est la première fois que ça lui arrive.

CHOUILLOUX, *descendant* : Il s'est peut-être trouvé une paille.

FOLLAVOINE, *descendant également* : Peut-être oui !... D'ailleurs, au fond, je ne suis pas fâché de cette expérience ; elle prouve justement que... que... Enfin, comme on dit : « L'exception confirme la règle. » Parce que, jamais ! jamais ça ne se casse !

CHOUILLOUX : Jamais ?

FOLLAVOINE : Jamais ! Ou alors, je ne sais pas : une fois sur mille !

CHOUILLOUX : Aha ? une fois sur mille.

FOLLAVOINE : Oui, et... et encore ! D'ailleurs vous allez voir ! *(Remontant vers la bibliothèque.)* J'ai là un autre exemplaire ; nous allons pouvoir le lancer et le relancer... *(Redescendant avec un second vase qu'il a pris dans la bibliothèque.)* Ne tenez pas compte de celui-là : c'est une mauvaise cuisson.

CHOUILLOUX : Oui, c'est un mal cuit.

FOLLAVOINE : Voilà ! *(Allant se placer* (n° 2) *devant*

le trou du souffleur à côté de Chouilloux qui y est déjà.) Regardez bien : Une… deux… *(Se ravisant.)* Non, tenez ! lancez-le vous-même !

Il lui met le vase dans la main.

CHOUILLOUX : Moi !

FOLLAVOINE : Oui ! Comme ça vous vous rendrez mieux compte.

CHOUILLOUX : Ah ?…

Follavoine s'efface un peu à droite ; Chouilloux prend la place de Follavoine, tout cela sans changer de numéro[1].

FOLLAVOINE : Allez !

CHOUILLOUX : Oui ! *(Balançant le vase.)* Une… deux…

Il s'arrête très ému.

FOLLAVOINE : Eh ! bien ! Allez ! Qu'est-ce qui vous arrête ?

CHOUILLOUX : C'est que c'est la première fois qu'il m'arrive de jouer au bowling avec…

FOLLAVOINE : Allez ! Allez ! N'ayez pas peur ! *(Pour le tranquilliser.)* Je vous dis : Un sur mille !

CHOUILLOUX : Une ! deux ! et trois !

Il lance le vase.

FOLLAVOINE, *pendant la trajectoire* : Hop ! *(Au moment où le vase arrive à terre.)* Voilà !

Le vase éclate en morceaux. Même jeu que précédemment ; ils restent tous deux comme médusés.

CHOUILLOUX, *après un temps, remontant jusqu'à la porte pour bien constater le dégât* : C'est cassé !

FOLLAVOINE, *qui est remonté également* : C'est cassé, oui ! C'est cassé !...

CHOUILLOUX : Deux sur mille !...

FOLLAVOINE : Deux sur mille, oui ! Écoutez ! Je n'y comprends rien ; il y a là quelque chose que je ne m'explique pas ! Évidemment ça doit tenir à la façon de lancer le vase ; je sais que, quand c'est mon contremaître qui l'envoie, jamais, au grand jamais... !

CHOUILLOUX : Ah ! jamais ?

FOLLAVOINE : Jamais !

CHOUILLOUX, *allant s'asseoir sur le canapé tandis que Follavoine referme la porte du fond* : C'est tout à fait intéressant.

FOLLAVOINE : Oui, oh ! mais non !... ça n'est pas encore ça !... Évidemment vous avez pu vous rendre compte de la différence qui existe entre la porcelaine cassable et...

CHOUILLOUX, *achevant la phrase pour lui* : Et la porcelaine incassable.

FOLLAVOINE : Oui !... Mais tout de même ces expériences ne sont pas assez concluantes pour fixer votre religion.

CHOUILLOUX : Mais si, mais si, je me rends très bien compte... Quoi ! c'est ces mêmes vases-là ! Seulement, au lieu de se casser, ils ne se cassent pas !

FOLLAVOINE : Voilà !

CHOUILLOUX : Tout à fait intéressant !

SCÈNE V[1]

LES MÊMES, JULIE

JULIE, *surgissant brusquement hors de sa chambre; elle est dans la même tenue que précédemment; mais sans son seau* : Bastien, je t'en prie, viens ! ce petit me rendra folle ! Je ne peux pas en venir à bout !

À la voix de Julie, Chouilloux s'est levé.

FOLLAVOINE, *bondissant à la vue de sa femme* : Ah ! çà, tu perds la tête ! Tu viens ici comme ça ! Regarde-toi, je t'en prie ! *(Indiquant Chouilloux.)* Monsieur Chouilloux !

JULIE (n° 2), *sans même se retourner vers Chouilloux* : Je m'en fiche de M. Chouilloux !...

CHOUILLOUX : Hein ?

FOLLAVOINE (n° 3), *affolé* : Mais non ! mais non ! Je t'en prie ! *(Présentant à tort et à travers.)* Monsieur Chouilloux ! Ma femme !

CHOUILLOUX, *s'inclinant* : Madame !

JULIE, *très rapidement* : Oui ! bonjour, monsieur !

Vous m'excuserez, n'est-ce pas, de me montrer ainsi... !

CHOUILLOUX (n° 1), *saluant* : Mais je vous en prie, madame, une jolie femme est bien de toutes les façons !

JULIE, *n'écoutant même pas ce qu'il dit* : Trop aimable ! merci ! *(À son mari.)* Je t'en prie, il n'y a pas moyen de venir à bout de ce petit ! Quand on lui parle de purgation...

FOLLAVOINE : Oui ! Eh ! bien, tant pis ! je regrette ! Je suis là à causer sérieusement avec M. Chouilloux ! j'ai autre chose à faire que de m'occuper des purgations de ton fils.

JULIE, *indignée, à Chouilloux* : Oh !... voilà un père, monsieur ! Voilà un père !

Elle passe n° 1.

CHOUILLOUX, *ne sachant que répondre* : Oui, madame, oui !

FOLLAVOINE, *sur un ton impératif* : Je te prie d'aller t'habiller ! Je suis honteux pour toi de voir dans quel état tu oses te montrer ! Il faut vraiment n'avoir aucun souci de sa dignité ?...

JULIE : Ah ! bien, si tu crois que je vais m'occuper de ma toilette dans des moments pareils !

CHOUILLOUX (n° 2), *voulant paraître s'intéresser* : Vous avez un enfant souffrant, madame ?

JULIE, *sur un ton douloureux* : Oui, monsieur, oui !

FOLLAVOINE, *haussant les épaules* : Mais il n'a rien, monsieur Chouilloux ! il n'a rien !

JULIE, *comme un argument sans réplique* : Enfin il n'a pas été ce matin.

CHOUILLOUX : Ah ? Ah ?

FOLLAVOINE : Eh ! bien, oui ! il a un peu de paresse d'intestin.

JULIE : Il appelle ça rien, lui ! il appelle ça rien ! On voit bien qu'il ne s'agit pas de lui !

FOLLAVOINE : Enfin, quoi ? c'est l'affaire d'une purgation !

JULIE : Oui, oh ! je sais bien ! Mais purge-le, si tu peux, toi. C'est pour ça que je te dis de venir. Seulement, il n'y a pas de danger ! Toutes les corvées, c'est pour moi !

FOLLAVOINE : Vraiment, ne dirait-on pas qu'il s'agit de quelque chose de grave !

CHOUILLOUX, *hochant la tête, et gravement* : Ce n'est pas grave, en effet ; mais, tout de même, il ne faut pas jouer avec ces choses-là !

JULIE : Ah ! Tu vois ce que dit monsieur... qui a du savoir.

FOLLAVOINE, *flagorneur* : Ah ! vraiment, monsieur Chouilloux ?

CHOUILLOUX : Évidemment !... Évidemment !... *(À Julie.)* Est-ce que l'enfant est sujet — pardonnez-moi le mot — à la constipation ?

JULIE : Il a plutôt une tendance, oui.

CHOUILLOUX : Oui ! Eh bien... il faut surveiller

ça ! parce qu'un beau jour, ça dégénère en entérite, et c'est le diable de s'en défaire.

JULIE, *à Follavoine* : Là ! Là ! Tu vois ?

CHOUILLOUX : Je peux vous en parler savamment : j'en ai eu une, qui m'a duré cinq ans !

JULIE, *instinctivement tournant la tête vers sa chambre où est son fils* : Ah ! *(Dans le mouvement de retour de la tête du côté de Chouilloux.)* Pauv' bébé !

CHOUILLOUX, *s'inclinant* : Merci !

JULIE : Comment ?

CHOUILLOUX : Ah ! pardon, je croyais que c'était à moi que...

JULIE : Non !... Non !

CHOUILLOUX : Oui, madame, cinq ans ! J'avais attrapé ça à la guerre.

JULIE : En 70 !

CHOUILLOUX : Non, en 98.

JULIE, *le regardant, interloquée* : En 98 ? Mais... il n'y a pas eu de guerre, en 98.

CHOUILLOUX : « À la guerre, à la guerre » ! au ministère de la Guerre !... où je suis fonctionnaire.

JULIE : Ah ! bon !

FOLLAVOINE : Oui, parce que M. Chouilloux est...

JULIE : Oui, oui, je sais.

CHOUILLOUX : Souvent, j'avait soif... je buvais de l'eau, qu'on prenait là, n'importe où... J'étais le monsieur qui disait : « Ah ! là, là !... les microbes !... l'eau du robinet, voilà !... » Oui, eh ! bien, à ce régime, je me suis collé la bonne entérite ! et, résultat : j'ai dû aller trois ans de suite à Plombières !

JULIE, *sautant là-dessus* : Ah ! Alors, pour Bébé, vous croyez que Plombières[1]... ?

CHOUILLOUX : Ah ! Non !... non, lui, il aurait plutôt l'entérite à forme constipée : Châtel-Guyon conviendrait mieux... Moi, j'avais en quelque sorte l'entérite... Mais si on s'asseyait ?

FOLLAVOINE, *tandis que Chouilloux* (n° 2), *et Julie* (n° 1), *s'asseyent sur le canapé* : C'est ça, monsieur Chouilloux ! tout ça est si intéressant !

> *Il est allé chercher près de son bureau la chaise volante qu'il amène près du canapé et s'y assied.*

CHOUILLOUX : ... j'avais plutôt, dis-je, l'entérite — pardonnez-moi cette confidence ! — l'entérite relâchée...

JULIE : Ah ?... Ah ?

FOLLAVOINE : Ah ! comme c'est intéressant, monsieur Chouilloux !

CHOUILLOUX : Alors, Plombières était désigné. Ah ! quel régime !

JULIE, *toute à ce qui l'intéresse* : Et... qu'est-ce qu'on vous fait faire, à Châtel-Guyon ?

CHOUILLOUX, *légèrement interloqué* : Hein ! à... ? Je ne sais pas, madame, je n'y ai pas été. *(Revenant à ce qui l'intéresse.)* Mais à Plombières, tous les matins : une douche ascendante : un litre, un litre et demi.

JULIE : Oui, ça, ça m'est égal ! Mais vous ne savez pas si à Châtel-Guyon... ?

CHOUILLOUX : Mais non, madame, je vous dis, je n'y ai pas été !... *(Revenant à ses moutons.)* Une fois la douche terminée, je prenais un bain... un bain d'une heure ; après quoi un massage...

JULIE, *que toute cette énumération laisse froide* : Oui !... oui...

CHOUILLOUX : Après quoi, le repas ; rien que des plats blancs : des purées, des pâtes, du macaroni, nouilles ; gâteaux de riz, de semoule[1]...

JULIE : Oui, mais... à Châtel-Guyon ?...

FOLLAVOINE, *se levant, agacé* : Oh ! mais puisque M. Chouilloux te dit qu'il n'y a pas été !

CHOUILLOUX : Oui... Je suis désolé, mais...

FOLLAVOINE : Il ne peut te parler que de son régime de Plombières.

JULIE, *le plus ingénument du monde* : Mais je m'en moque, moi, de son régime de Plombières.

CHOUILLOUX, *décontenancé* : Ah ?... pardon !

JULIE : En quoi veux-tu que ça m'intéresse le régime de Plombières de M. Chouilloux, puisque pour Bébé c'est Châtel-Guyon ! *(Se levant.)* M. Chouilloux, qui est un homme intelligent, me comprend très bien.

CHOUILLOUX, *pendant que Julie passe n° 2* : Mais oui ! mais oui !

JULIE : Il pourrait aussi me raconter comment on pêche la morue à Terre-Neuve ; ça serait très intéressant ; ça n'aurait rien à voir avec la santé de Toto.

CHOUILLOUX, *conciliant* : Évidemment ! évidemment !

JULIE : Je ne suis pas là pour écouter des histoires ; j'ai à purger Bébé !

FOLLAVOINE, *qui en a par-dessus la tête* : Bon ! bon ! ça va bien ! bon ! va ! va purger Bébé !

JULIE, *très aimable, à Chouilloux* : Vous m'excusez, n'est-ce pas, monsieur ?

CHOUILLOUX, *se levant* : Je vous en prie, madame.

JULIE, *sèche à Follavoine* : Alors, tu ne veux pas venir ? non ?

FOLLAVOINE : Ah ! non ! non !

JULIE : Oh ! ce père ! ce père !

FOLLAVOINE : Oui ! C'est entendu ! bon ! Et habille-toi !

JULIE : Oui ! Oh !… Oh ! ce père !

Elle sort.

SCÈNE VI[1]

LES MÊMES, *moins* JULIE

FOLLAVOINE, *au fond, tourné vers la porte par laquelle est sortie sa femme*: Se montrer dans une tenue pareille ! On n'a pas idée… !

CHOUILLOUX, *remontant n° 2*: Ça a l'air d'une femme bien charmante que Mme Follavoine.

FOLLAVOINE : Hein !… Délicieuse ! délicieuse, monsieur Chouilloux ! Elle est quelquefois un peu… ! mais, sans ça, délicieuse. Vous n'avez pas bien pu la voir ; je regrette qu'elle se soit présentée ainsi, pas habillée…

CHOUILLOUX : Oh ! mais je me rends compte très bien de ce qu'avec des…

Il achève sa pensée par une mimique qui évoque une idée de fanfreluches.

FOLLAVOINE : Oui, oh ! mais non !… Ainsi, pas coiffée… avec ses bigoudis !… Justement, ses cheveux, c'est ce qu'elle a de mieux !… des cheveux superbes !… frisant naturellement[2] !

CHOUILLOUX : Ah ?… ah ?

FOLLAVOINE : Alors, quand vous la voyez comme ça… ! Mais la coquetterie et elle !… et alors, quand, par-dessus le marché, elle croit devoir s'inquiéter pour son fils… !

CHOUILLOUX, *descendant et allant s'asseoir sur le fauteuil devant la table* : Il n'a rien, somme toute, cet enfant !

FOLLAVOINE, *descendant à la suite de Chouilloux jusque devant la table contre laquelle il s'adosse* : Mais rien !… Seulement allez donc lui dire ça ! Tenez : vous lui avez parlé de Châtel-Guyon ? Ça y est : maintenant, il ne va plus y en avoir que pour Châtel-Guyon !

CHOUILLOUX : Oh ! Je suis désolé si à cause de moi… !

FOLLAVOINE : Mais du tout, du tout ! Seulement alors, quand après ça, vous êtes venu lui parler de votre régime à Plombières ; en dedans de moi-même, je ne pouvais m'empêcher de me tordre.

Il rit.

CHOUILLOUX, *faisant chorus* : Ça ne l'intéressait pas du tout.

FOLLAVOINE, *riant* : Mais pas pour un sou !

CHOUILLOUX : Oh ! cette pauvre Mme Follavoine ! Et moi qui… ! Oh !

Il rit. Tandis que tous deux s'esclaffent, la porte pan coupé gauche s'ouvre brusquement ; Julie paraît traînant Toto de la main droite ; elle a un verre à bordeaux dans la main gauche et serre contre sa poitrine une bouteille d'Hunyadi-Janos.

SCÈNE VII

LES MÊMES, JULIE, TOTO

(Tenue de travail ; petit tablier à manches par-dessus son costume.)

JULIE : Oui ! eh ! bien, tu vas un peu voir ton père. *(Elle lâche Toto, le temps de refermer la porte ; après quoi, le reprenant par la main, elle l'entraîne vers son père tout en parlant.)* Il est furieux après toi, papa ! *(Arrivée à Follavoine.)* Veux-tu dire à ton fils… *(S'apercevant que Follavoine rit avec Chouilloux, lui envoyant un coup de pied dans le tibia, et entre chair et cuir pour que Toto, qu'elle écarte, n'entende pas.)* Ah ! je t'en prie, hein ?

FOLLAVOINE, *furieux* : Allons ! Voyons !

JULIE : Je dis à Toto que tu es furieux après lui, s'il te voit te tordre avec M. Chouilloux !

FOLLAVOINE : Quoi ? Quoi ? Qu'est-ce qu'il y a encore ?

JULIE, *lui remettant Toto* : Il y a que je te prie de

faire obéir ton fils !... Fais-moi le plaisir de le purger !

Elle gagne la gauche.

FOLLAVOINE : Moi ?

JULIE : Oui, toi ! *(Déposant la bouteille, puis le verre, sur le petit guéridon près du canapé.)* Voilà la bouteille ! voilà le verre ! Moi, j'y renonce !

Elle s'assied sur le canapé.

FOLLAVOINE : Mais ce n'est pas mon affaire ! est-ce que ça me regarde ?

JULIE : Je te demande pardon ! tu es son père ! C'est à toi à faire montre d'autorité.

FOLLAVOINE, *lève les yeux au ciel, puis, à Chouilloux, avec un soupir de résignation* : Je vous demande pardon, monsieur Chouilloux !

CHOUILLOUX : Je vous en prie !

FOLLAVOINE, *à Toto* : Qu'est-ce que c'est, monsieur ? Je suis très mécontent !

TOTO, *frappant du pied et passant dans ce mouvement, (n° 3), entre son père et Chouilloux* : Ça m'est égal ! j' veux pas me purger !

FOLLAVOINE : Comment ?

JULIE, *nerveuse :* Voilà ! voilà ce que j'entends depuis une demi-heure !

CHOUILLOUX, *lui mettant sa main amicalement sur l'épaule* : Comment, mon petit ami !... C'est un grand garçon comme vous... !

Toto dégage son épaule avec un geste d'humeur.

FOLLAVOINE, *qui a vu son geste* : Qu'est-ce que c'est ?… D'abord, dis bonjour à monsieur !

TOTO, *têtu, frappant du pied* : Ça m'est égal ! j' veux pas me purger !

FOLLAVOINE, *le secouant* : Oui ? Eh ! bien, on ne te demande pas ce que tu veux !… Dis donc, espèce de petit garnement, est-ce que tu t'imagines…

JULIE, *voyant malmener son enfant, sautant sur Follavoine et l'écartant brusquement* : Ah ! tu n'as pas fini, toi !

FOLLAVOINE : Ah ! Zut !

Il remonte avec humeur, pour redescendre à sa table, mais sans s'y asseoir.

JULIE, *à Chouilloux* : On ne peut pourtant pas ne pas le purger !… il a une langue d'un blanc !… *(À Toto.)* Fais voir ta langue au monsieur !

CHOUILLOUX, *complaisant* : Attendez ! pardon ! *(Il met un genou à terre, pour être à la hauteur de Toto, tire de la poche de son gilet un lorgnon qu'il ajuste sur son nez par-dessus ses lunettes, puis à Toto :)* Voyons ?

JULIE : Là ! fais voir ta langue !

Toto tire une langue toute noire d'encre.

CHOUILLOUX : Mon Dieu ! elle me paraît plutôt... noire.

JULIE, *avec une certaine fierté* : C'est parce qu'il a travaillé[1] !... *(Changeant de ton.)* Mais il est facile de se rendre compte qu'il a l'haleine trouble. *(À Toto, en lui dirigeant la tête vers la figure de Chouilloux.)* Tiens, fais « hhah » dans le nez de monsieur !

CHOUILLOUX, *se garant instinctivement avec la main* : Non, merci ! non !

JULIE : Quoi ? vous n'êtes pas dégoûté de l'haleine d'un enfant ?

CHOUILLOUX : Du tout ! du tout ! mais...

JULIE : Eh ben, alors ?... *(À Toto, en lui poussant comme précédemment la tête vers la figure de Chouilloux.)* Va ! fais : « hhah » dans le nez du monsieur !

CHOUILLOUX : Mais non ! mais non ! je vous assure, je n'ai pas besoin ; je me rends très bien compte !... *(Se rasseyant et à Toto.)* Qu'est-ce que c'est, mon petit ami ? c'est comme cela qu'on est raisonnable ?... Comment vous appelez-vous ?

Geste boudeur de Toto qui ne répond pas.

FOLLAVOINE, *se penchant par-dessus la table pour parler à Toto* : Eh ! bien, réponds, voyons ! Comment t'appelles-tu ?

TOTO, *buté* : J' veux pas me purger !

FOLLAVOINE, *rongeant son frein* : Oh ! *(À Chouilloux.)* Il s'appelle Toto.

CHOUILLOUX : Ah ?

FOLLAVOINE : C'est un diminutif d'Hervé.

CHOUILLOUX : Tiens ! Ah ?... C'est curieux !... Et... vous avez quel âge ? Six ans !

JULIE, *avec importance* : Sept ans, monsieur !

CHOUILLOUX : Ainsi, voyez ! Sept ans ! et vous vous appelez Toto ! Mais, quand on s'appelle Toto et qu'on a sept ans, est-ce qu'on fait une histoire pour se purger !

TOTO : Ça m'est égal, j' veux pas me purger !

CHOUILLOUX : C'est très mal ! Qu'est-ce que vous direz donc plus tard quand vous irez à la guerre ?

JULIE : *attirant vivement Toto contre elle comme pour le protéger, tout en frappant deux ou trois fois de la main gauche le bois de la table par superstition* : Ah ! Taisez-vous !

TOTO, *dans les jupes de sa mère* : Ça m'est égal ! j'irai pas à la guerre.

CHOUILLOUX : « Vous n'irez pas ! Vous n'irez pas ! » S'il y en a une, cependant, il faudra bien !...

TOTO : Ça m'est égal ! j'irai en Belgique.

CHOUILLOUX : Hein ?

JULIE, *le couvrant de baisers* : Ah ! chéri, va !... Est-il intelligent !

CHOUILLOUX, *à Follavoine* : Mes compliments !... C'est vous qui l'élevez dans ces idées ?

FOLLAVOINE, *vivement* : Mais non ! mais non ! *(À Toto.)* C'est très mal de dire des choses comme ça !... Tu entends... Hervé !

JULIE, *emmenant Toto vers le canapé* : Mais laisse-le donc tranquille, cet enfant ! Tu ne vas pas l'ennuyer, avec des choses qui ne sont pas de son âge ! *(S'asseyant sur le canapé avec Toto entre ses genoux.)* Il est bien sage, bien raisonnable ; il va faire plaisir à sa maman et prendre gentiment sa purgation.

Tout en parlant, elle a rempli le verre d'Hunyadi-Janos et, sur le dernier mot, le présente à Toto.

TOTO, *s'écartant des genoux de sa mère* : J' veux pas m' purger !

JULIE : Mais puisqu'on te dit qu'il faut !

FOLLAVOINE, *venant s'asseoir sur la chaise à côté du canapé* : Regarde, Toto ! Si tu avais obéi tout de suite, ce serait fait ; tu serais débarrassé.

TOTO : Ça m'est égal, je veux pas !

FOLLAVOINE : Veux-tu être raisonnable, voyons !

TOTO, *se dégageant en passant n° 3* : Non, j' veux pas !

CHOUILLOUX, *qui s'est levé pendant ce qui précède. — Intervenant* : Mon petit ami, moi, quand j'avais votre âge... que j'étais tout petit, petit, quand mes parents me disaient de faire une chose, eh ! bien...

TOTO, *dans le nez de Chouilloux* : Ta gueule !…

FOLLAVOINE et JULIE : Oh !

CHOUILLOUX, *interloqué* : Comment ?…

FOLLAVOINE, *sautant sur Toto et le faisant passer n° 2* : Rien ! Rien !

CHOUILLOUX, *se le tenant pour dit* : Ah ! pardon !

Il va s'asseoir par la suite sur le fauteuil, droite de la table.

FOLLAVOINE, *furieux, secouant Toto* : Ah ! Et puis, en voilà assez ! Tu vas me faire le plaisir d'obéir, hein ! Ce n'est pas un avorton de ton espèce…

JULIE, *s'interposant et lui arrachant l'enfant des mains* : Ah çà ! tu es fou ! Tu ne vas pas bousculer ce petit, maintenant ?

FOLLAVOINE : Mais tu n'as pas entendu ? il a dit : « Ta gueule » !

JULIE : Eh ! bien, il a dit : « Ta gueule » ! Quoi ? c'est français !

FOLLAVOINE, *indigné* : Oh !

JULIE, *à Toto, en l'embrassant* : Mon pauvre chéri, va !

Elle l'emmène au canapé sur lequel elle s'assied.

FOLLAVOINE, *remontant à son bureau* : Ah ! non, zut ! alors ! zut !

Il s'assied avec humeur.

JULIE, *à Toto, qu'elle tient enserré dans son bras droit. — Le caressant de sa joue contre sa joue* : Va, ton père est un méchant ! heureusement, ta maman est là !

FOLLAVOINE, *furieux* : C'est ça ! voilà ! Mets-lui bien ces idées-là dans la tête !

JULIE, *prenant de la main droite le verre plein qui est sur la petite table et se le passant dans la main gauche* : Mais, absolument !... Maltraiter ce petit qui n'est déjà pas bien !

FOLLAVOINE, *tournant son fauteuil presque dos à la table, comme un homme qui affecte de se détacher de ce qui se passe* : Dorénavant, tu sais, tu t'adresseras à qui tu voudras !

JULIE, *bourrue* : Oui, oh ! *(À Toto, se faisant aussitôt très douce tout en présentant le verre à ses lèvres.)* Prends ta purgation, mon chéri !

TOTO, *serrant les lèvres tout en éloignant la tête* : Non, je veux pas !

JULIE, *les narines dilatées, les lèvres serrées, à un regard de rage vers son mari, puis faisant effort sur elle-même, revenant à Toto, sur un ton suppliant* : Si !... pour me faire plaisir.

TOTO, *entêté* : Non, j' veux pas !

JULIE, *même jeu, à Follavoine, même retour à toto* : Je t'en prie, mon chéri, prends ta purgation !

TOTO : Non...

JULIE, *serrant les dents* : Oh ! *(Jetant un regard*

haineux à Follavoine.) Ah ! quand tu te mêles d'une chose, toi !

FOLLAVOINE, *ahuri* : Moi !

JULIE : Naturellement, toi ! *(À Toto.)* Écoute, Toto ! Si tu prends bien ta purgation, eh ! bien, maman te donnera une pastille de menthe !

TOTO : Non ! J' veux la pastille, d'abord !

JULIE : Non, après !

TOTO : Non, avant.

JULIE : Oh !... Eh ! bien, soit, là ! On te donnera la pastille avant ; seulement, après, tu prendras ta purgation ?

TOTO : Oui.

JULIE : Tu me promets ?

TOTO : Oui.

JULIE : Tu me donnes ta parole d'honneur ?

TOTO, *un long « oui » traîné* : Oui !

JULIE : C'est bien ! j'ai confiance en toi. *(À Follavoine qui est assis à sa table, le dos presque tourné et les yeux au plafond dans une attitude résignée.)* Papa !... *(Voyant que Follavoine, distrait, ne répond pas. — Sèchement.)* Bastien !...

CHOUILLOUX, *machinalement* : Bastien !

FOLLAVOINE, *comme sortant d'un rêve* : Hein ?

JULIE, *sèchement* : La boîte de pastilles !

CHOUILLOUX, *passant la demande* : La boîte de pastilles !

FOLLAVOINE, *avec un soupir de victime* : Voilà ! *(Il a ouvert son tiroir et extrait la boîte demandée. Se levant et à Chouilloux au moment d'aller porter la boîte à Julie.)* Je vous demande pardon de vous faire assister à cette scène de famille.

CHOUILLOUX : Mais comment donc ! c'est très intéressant !... pour un homme qui n'a pas d'enfant.

FOLLAVOINE, *présentant la boîte ouverte à Julie* : Voilà la boîte de pastilles !

JULIE, *prenant une pastille* : Merci. *(À Toto.)* Ouvre ton becquot, mon chéri ? *(Lui mettant une pastille dans la bouche.)* Là !

FOLLAVOINE, *allant resserrer sa boîte dans le tiroir. — À Chouilloux* : Ça n'est pas pour ça que je vous ai invité à déjeuner !

CHOUILLOUX, *avec insouciance* : Oh ! ben... !

JULIE, *à Toto* : C'était bon ?

TOTO : Oui !

JULIE, *lui tendant le verre* : Là ! Eh ! bien, maintenant, bois, mon chéri ! bois ta purgation !

TOTO, *se sauvant* : Non, j' veux pas me purger !

JULIE, *ahurie* : Quoi ?

FOLLAVOINE, *les nerfs à fleur de peau* : Voilà, parbleu ! Voilà !

JULIE : Mais, c'est pas sérieux, Toto ? Je t'ai donné un bonbon !

TOTO, *remontant vers le fond* : Ça m'est égal, j' veux pas me purger !

FOLLAVOINE, *ayant peine à se contenir* : Oh ! C't'enfant ! C't'enfant !

JULIE, *furieuse, à Follavoine, tout en allant chercher Toto* : Quoi « c't'enfant » ? Quand tu répéteras : « C't'enfant ! C't'enfant ! » au lieu de m'aider ! tu vois que j'y perds mon latin !

Elle prend Toto en le soulevant par les aisselles et le porte au canapé sur lequel elle l'assied.

FOLLAVOINE, *hors de ses gonds* : Mais quoi ? Qu'est-ce que tu veux que je fasse ?

JULIE, *remontant par le milieu de la scène* : Oh ! rien ! rien ! naturellement ! *(Avec amertume.)* Ah ! Dieu de Dieu !

Tout en parlant, elle se dirige vers sa chambre.

FOLLAVOINE : Eh ! bien, quoi ? quoi ? Où vas-tu ?

JULIE : Eh ! bien, qu'est-ce que tu veux ? Je vais essayer d'un autre moyen !... *(Arrivée sur le pas de la porte, se retournant et indiquant Chouilloux du geste.)* Oh !... et c'est ce jour-là qu'il choisit pour m'inviter des gens à déjeuner !

Elle sort en faisant claquer la porte.

FOLLAVOINE, *se dressant d'un bond et entre chair et cuir* : Oh !

CHOUILLOUX, *qui s'est levé également. — À Follavoine* : Comment ?

FOLLAVOINE, *faisant l'innocent* : Quoi ?

CHOUILLOUX : Qu'est-ce qu'a dit Mme Follavoine ?

FOLLAVOINE : Rien ! rien !... Elle a dit : « Je ne sais vraiment pas à... à quelle heure on pourra déjeuner. »

CHOUILLOUX, *avec indifférence et en se rasseyant* : Ah ?... Oh ! ben, qu'est-ce que vous voulez... !

FOLLAVOINE, *allant à Toto et le faisant lever du canapé en le tirant par la main* : C'est honteux, Toto, de manquer ainsi à sa parole !... N'est-ce pas, monsieur Chouilloux ?

CHOUILLOUX, *prudent* : Oh ! moi, je ne dis plus rien ! je ne dis plus rien !

FOLLAVOINE, *s'accroupissant devant Toto pour être à sa hauteur* : Voyons, Toto ! Tu as sept ans ! tu es un petit homme ! tu n'as plus le droit d'agir comme un enfant ! Eh ! bien, si tu avales gentiment ta purgation, moi, je te ferai une surprise.

Il se redresse.

TOTO, *curieux* : Quoi ?

FOLLAVOINE : Eh ! bien, je te dirai où sont les îles Hébrides.

TOTO : Oh ! ça m'est égal ! j' veux pas le savoir.

FOLLAVOINE, *du tac au tac* : C'est un tort !... *(Entre chair et cuir.)* Surtout après tout le mal qu'on s'est donné pour les trouver ! *(À Toto.)* C'est au nord de l'Écosse.

TOTO, *indifférent* : Ah ?

FOLLAVOINE : Et puis, il y en a d'autres aussi, dans la Ménalé… dans la Malana… Manélé… Ah ! zut ! Enfin, quoi ! tu as celles du nord de l'Écosse, ça doit te suffire !

Il lâche Toto et, pivotant sur les talons, gagne la droite.

TOTO, *le rattrapant par le pan de sa redingote* : Et le lac Michigan ?

FOLLAVOINE, *fronçant les sourcils* : Quoi ?

TOTO : Où qu' c'est qu'il est le lac Michigan ?

FOLLAVOINE, *répétant machinalement* : « Où qu'c'est qu'il est le lac Michigan ! »

TOTO : Oui ?

FOLLAVOINE : Oh ! j'avais bien entendu !… *(À part.)* Ce qu'il est embêtant avec ses questions, ce petit ! *(À Chouilloux.)* Dites-moi !… Je vous demande ça comme ça : Le lac Michigan… Vous ne vous rappelleriez pas par hasard où c'est ?

CHOUILLOUX : Le lac Michigan ?…

FOLLAVOINE : Oui !

CHOUILLOUX : Eh bien, mais… c'est en Amérique !… aux États-Unis !

FOLLAVOINE : Oh ! que je suis bête ! Mais oui !

CHOUILLOUX : … dans l'État de Michigan !

FOLLAVOINE : De Michigan ! Voilà : c'est le nom de l'État qui ne me revenait pas !

CHOUILLOUX : Le lac Michigan ! En 77, j'ai pris un bain dedans !

FOLLAVOINE : Non ? Vous ! *(À Toto, se baissant vers lui et lui indiquant Chouilloux.)* Eh ! bien, tu vois, Toto ! Tu cherchais le lac Michigan, eh ! ben, ce monsieur-là… qui n'a l'air de rien, eh ! bien, il a pris un bain dedans ! *(Sans transition.)* J'espère qu'après ça, tu vas être bien raisonnable et prendre sagement ta purgation !

TOTO, *se sauvant et grimpant sur le canapé* : Non ! j' veux pas !

FOLLAVOINE, *les yeux au ciel* : Oh !

CHOUILLOUX : Ah ! c'est un enfant qui a de la volonté !

FOLLAVOINE : Ah ! oui, il en a !

JULIE, *arrivant avec un second verre pareil au premier et descendant par l'extrême gauche jusqu'au guéridon* : Là ! j'apporte un autre verre… *(Tout en remplissant le verre d'Hunyadi-Janos.)*… et pour que Bébé avale sagement son Hunyadi-Janos… *(Posant la bouteille, prenant Toto au passage et allant avec lui droit à son mari.)* eh ! bien, papa en prendra un grand verre avec lui !

FOLLAVOINE, *avec un sursaut* : Quoi ?

JULIE, *à Follavoine, en lui tendant le verre sous le nez* : N'est-ce pas ?

FOLLAVOINE, *allant se réfugier à son bureau* : Moi ! Mais jamais de la vie ! J'en veux pas, je te remercie bien !

JULIE : Ah ! je t'en prie, n'est-ce pas ? tu ne vas pas dire non !

FOLLAVOINE : Mais absolument, je n'ai aucune envie de me purger ! Bois-le, ton verre, toi, si ça te fait plaisir ?

JULIE : Oh !... tu ne peux pas faire ça pour ton fils !

FOLLAVOINE, *tout en repoussant le verre que Julie présente obstinément à ses lèvres* : « Pour mon fils ! Pour mon fils ! » Il est aussi le tien !

JULIE : Voilà ! Toutes les corvées, alors ? *(Tout en posant le verre sur le coin de la table.)* Oui, toutes les corvées ! Tu trouves que je n'ai pas fait assez pour lui depuis qu'il est né ?... et surtout avant ?... tu trouves que ce n'est pas assez de l'avoir porté pendant neuf mois dans mes flancs !...

Elle passe devant Toto, et descend un peu à gauche.

FOLLAVOINE, *agacé* : Ah ! là ! « dans tes flancs ! » Qu'est-ce que tu vas chercher ? « Dans tes flancs » !

Il s'assied à son bureau.

TOTO *(n° 2)* : Maman !

JULIE *(n° 1)* : Quoi ?

TOTO : Pourquoi c'est toi qui m'as porté dans tes flancs ! pourquoi c'est pas papa ?

JULIE, *soulevant Toto et le portant sur le canapé sur lequel elle l'assied et s'assied également* : Ah !

pourquoi !... Parce que ton père !... S'il avait fallu compter sur lui !... mais comme il savait que ce devait être moi... alors !...

FOLLAVOINE, *à Chouilloux* : Je vous demande un peu si c'est des choses à dire à un enfant !

TOTO *(n° 2)* : T'avais qu'à prendre un autre monsieur.

FOLLAVOINE, *furieux* : Voilà : « T'avais qu'à prendre un autre monsieur » ! C'est charmant !

JULIE *(n° 1)* : Oh ! Tu sais, un homme ou un autre... !

TOTO : Ah ! ben, j' serai pas comme ça !

JULIE, *l'embrassant* : Chéri, va ! Au moins tu as du cœur, toi !

FOLLAVOINE, *à Chouilloux* : C'est insensé, monsieur Chouilloux ! C'est insensé !

CHOUILLOUX : Mais non, c'est charmant ! *(Se levant, en considérant Toto de loin.)* Les enfants ont de ces réflexions !

JULIE, *à Toto* : Tu vois la différence entre un père et une mère ! Ton père ne veut même pas se purger pour toi !

TOTO : Ça m'est égal ! J' veux pas qu'il se purge !

FOLLAVOINE, *descendant jusqu'au canapé* : Ehé !... Tu entends ! Il est plus raisonnable que toi.

CHOUILLOUX, *descendant également vers Toto* : Ehé !... Il ne veut pas qu'on fasse boire son papa !

TOTO, *indiquant Chouilloux avec son doigt* : Je veux qu'on fasse boire le monsieur !

FOLLAVOINE : Hein ?

CHOUILLOUX : Quoi ?

JULIE, *heureuse de saisir cette occasion de faire plaisir à son fils* : Tu veux qu'on fasse boire le monsieur ? Eh ! bien, on va faire boire le monsieur !

Elle prend le verre plein qui est resté sur le guéridon et, accompagnée de Toto qui marche devant elle, se dirige vers Chouilloux.

FOLLAVOINE, *s'interposant* : Ah çà ! tu n'y penses pas !

JULIE, *l'écartant et passant avec Toto* : Chut ! Laisse donc !

CHOUILLOUX, *devant le trou du souffleur, ronchonnant entre chair et cuir* : Vraiment, ce petit est d'un mal élevé ! Oh !

JULIE, *son verre à la main* : Tenez, cher monsieur Chouilloux... !

Elle lui porte le verre aux lèvres juste au moment où il dit : « ... D'un mal élevé ! Oh ! » de sorte qu'en aspirant le « oh ! » il boit malgré lui une gorgée.

CHOUILLOUX : Ah ! pouah !

JULIE, *accompagnée de Toto, avançant sur Chouilloux, le verre tendu* : Soyez gentil, buvez un peu pour faire plaisir à Toto !

Elle lui porte à nouveau le verre aux lèvres.

CHOUILLOUX, *crachant* : Ah ! pffutt ! *(Reculant vers la droite à mesure que Julie avance sur lui.)* Mais non, madame ! mais non, je vous remercie !

FOLLAVOINE *(nº 1)* : Ah çà ! tu perds la tête !

JULIE *(nº 2), à Chouilloux* : Oh ! la moindre des choses, voyons ! La moitié du verre, ça suffira !

Même jeu avec le verre, contre lequel Chouilloux s'efforce de se défendre.

CHOUILLOUX *(nº 4)* : Mais non, madame ! je vous en prie !... Je suis désolé... !

FOLLAVOINE : Tu n'y penses pas ! M. Chouilloux n'est pas ici pour se purger !

JULIE : Quoi ! Il n'y a pas de quoi faire une affaire pour un peu d'Hunyadi-Janos !

CHOUILLOUX, *acculé contre le fauteuil de droite* : Je ne vous dis pas, mais...

JULIE : Je comprends ça d'un enfant, mais d'une grande personne !... *(Engageante.)* Allons, monsieur Chouilloux.

Elle lui met le verre sous le nez.

FOLLAVOINE : Julie, voyons !

CHOUILLOUX : Mais non, madame ! je regrette beaucoup, mais une purge ! Je vous ai dit que, précisément, l'état de mes intestins me défendait… !

FOLLAVOINE : Mais c'est évident !

JULIE : Eh ! ben, oui, mais ce n'est pas un demi-verre d'Hunyadi-Janos qui peut leur faire du mal, à vos intestins !

FOLLAVOINE : Julie ! Julie !

JULIE : Et vraiment, entre la santé de Toto et vos intestins, je trouve que… !

FOLLAVOINE : Je t'en prie, Julie !

CHOUILLOUX : D'ailleurs, madame, je vous assure… ! je ne sais même pas jusqu'à quel point une purge est bonne pour monsieur votre fils…

JULIE, *faisant vivement passer Toto n° 2, et entre chair et cuir à Chouilloux* : Ah ! non, je vous en prie, hein !… Si maintenant vous allez dire des choses pareilles devant cet enfant ! Ah ! bien, c'est complet !

FOLLAVOINE, *faisant passer Toto n° 1* : Julie !… Julie !

CHOUILLOUX : Je vous demande pardon, madame ! Si je vous dis ça… !

JULIE, *sous le nez de Chouilloux* : Vous voyez tout le mal que j'ai avec Bébé ! toute la diplomatie que je suis obligée d'employer… !

FOLLAVOINE : Julie ! Julie !

JULIE, *sans lâcher prise* : Si vous allez par-dessus le marché lui persuader maintenant qu'il ne doit pas prendre sa purge !

CHOUILLOUX : Mais non ! Mais non !... Seulement je croyais...

JULIE, *lui mangeant positivement le nez* : Ah ! « Vous croyiez ! Vous croyiez ! »

FOLLAVOINE : Julie ! Julie !

JULIE : Qu'est-ce que vous en savez ? Où avez-vous appris ? dans votre régime de Plombières ? Mais puisque c'est le contraire, le régime de Plombières ! puisque c'est le contraire !

CHOUILLOUX : Écoutez, madame, je retire... !

FOLLAVOINE : Je t'en prie, Julie ! en voilà assez !

JULIE, *gagnant suivie de Toto l'extrême gauche* : C'est vrai, ça ! Est-ce que je me mêle, moi, si sa femme le fait cocu avec son cousin Truchet ?

Elle dépose le verre qu'elle a en main sur le guéridon.

CHOUILLOUX, *bondissant* : Cocu !

FOLLAVOINE, *entre chair et cuir* : Oh ! n... de D... !

Sans plus se soucier de Chouilloux, Julie a soulevé Toto et l'a fait asseoir n° 2, sur le canapé ; après quoi elle s'assied n° 1, près de lui.

CHOUILLOUX : Qu'est-ce que vous avez dit ?... Cocu !... Ma femme !... Truchet !...

FOLLAVOINE : C'est faux[1], monsieur Chouilloux ! C'est faux !

CHOUILLOUX, *écartant Follavoine* : Laissez-moi ! Laissez-moi ! Ah !... Ah ! j'étouffe !

Il aperçoit le verre laissé primitivement par Julie sur la table, se précipite dessus et en avale gloutonnement le contenu.

FOLLAVOINE : Ah !

TOTO, *ravi en voyant ce jeu de scène, désignant Chouilloux à sa mère* : Maman ! Maman !

En gambadant, il remonte jusqu'au-dessus de la table et grimpe à genoux sur le fauteuil de son père.

JULIE, *de sa place, à Chouilloux, pendant que celui-ci avale la purge* : Eh ! bien... Vous ne pouviez pas faire ça tout de suite ?... au lieu de faire toutes ces histoires !

FOLLAVOINE, *affolé* : Monsieur Chouilloux, je vous en prie ! *(La physionomie de Chouilloux brusquement se contracte ; ses yeux deviennent hagards ; il jette des regards éperdus à droite et à gauche ! Puis soudain, se rappelant d'où Follavoine extrayait ses vases, il se précipite comme un fou vers la bibliothèque fond droit. Follavoine, comprenant sa pensée et courant après lui.)* Non ! pas par là ! il n'y en a plus ! il n'y en a plus ! *(Le poussant vers la porte du premier plan gauche.)* Par là, tenez ! par là !

Chouilloux se précipite dans la chambre.

SCÈNE VIII

JULIE, FOLLAVOINE, TOTO

FOLLAVOINE, *se retournant vers sa femme après avoir refermé le battant de la porte* : Ah ! je te félicite ! C'est du joli ! Voilà ce que tu fais, toi ?

Il remonte nerveusement.

JULIE, *se levant et gagnant la droite* : Eh bien, il n'avait qu'à ne pas se mêler de ce qui ne le regardait pas !

FOLLAVOINE, *gagnant le milieu de la scène* : Aller dire à ce malheureux qu'il est cocu !

Il remonte.

JULIE, *s'asseyant sur le fauteuil à droite de la table* : Quoi ? Il ne l'est peut-être pas ?

FOLLAVOINE, *se retournant et redescendant* : Ce n'est pas une raison pour le lui dire !

Il remonte vers le fond gauche.

TOTO : Maman !

JULIE : Quoi ! mon chéri ? Tu veux te purger ?

TOTO : Non !... Qu'est-ce que c'est qu'un cocu ?

JULIE, *avec un rictus sarcastique* : Ah ?... (*Indiquant la porte par où est sorti Chouilloux.*) C'est ce monsieur, tiens ! qui vient de sortir.

FOLLAVOINE, *qui n'a pas cessé d'arpenter la scène, virevoltant brusquement* : Mais non ! Mais non !... En voilà des choses à dire à un enfant !

JULIE : S'il avait bu tout de suite, comme on le lui demandait !

FOLLAVOINE : Tu es superbe, toi : Une purgation !

Il remonte.

JULIE : Eh ! ben !... Quand on est invité chez les gens, on prend ce qu'ils vous offrent ! Il n'a aucune éducation, ton Chouilloux ! Cet homme qui vient ici pour la première fois et qui nous parle de ses intestins relâchés !... Mais où a-t-il été élevé ?

FOLLAVOINE, *redescendant milieu de la scène* : Mais enfin, tu lui demandes de se purger !...

JULIE, *se levant et allant à son mari* : Moi, je lui ai demandé de se purger ? Mais je m'en moque, qu'il se purge ! Je lui ai demandé de boire un verre d'Hunyadi-Janos ! Je ne lui ai pas demandé de se purger !

Elle passe au-dessus de la table, prend son fils au passage et redescend avec lui par l'extrême droite.

FOLLAVOINE : Mais ça le purge tout de même !

JULIE, *s'asseyant sur le fauteuil à droite de la table avec Toto entre ses genoux* : Ah ! bien, ça, ça le regarde. En somme, quoi ? Il l'a avalée tout de même, sa purge ? alors ! qu'est-ce qu'il nous ennuie ?

On sonne.

FOLLAVOINE : Oui, ah ! ça me met en bonne posture... pour la concession des vases militaires !

JULIE : Voilà... voilà tout ce que tu vois, toi !...

FOLLAVOINE, *au-dessus du canapé* : Comment vais-je rabibocher ça, maintenant ?

SCÈNE IX

LES MÊMES, ROSE, MME CHOUILLOUX, TRUCHET

ROSE : Madame Chouilloux ! Monsieur Truchet !

FOLLAVOINE : Ah ! non ! non ! Reçois-les ! Moi, après ça, je ne veux pas les voir.

Il se dirige vers la porte premier plan gauche.

JULIE, *se levant* : Hein ? Mais non ! Mais non ! Bastien !... je ne les connais pas !

FOLLAVOINE : Ça m'est égal, arrange-toi !

Il sort.

JULIE : Mais non, Bastien... !

MME CHOUILLOUX, *entrant en coup de vent suivie de Truchet* : Madame Follavoine, sans doute ?

JULIE, *interloquée* : Hein ? Non !... Oui !

Elle est contre le coin gauche de la table. Toto se dissimule derrière la hanche de sa mère dont il tient un pan du peignoir devant lui.

MME CHOUILLOUX : Ah ! madame, enchantée ! *(Faisant allusion à la tenue de Julie.)* Je craignais que nous ne fussions en retard ; je vois que non.

JULIE, *toute troublée* : Non !… non ! Excusez-moi, je… je n'ai pas encore eu le temps de m'habiller…

MME CHOUILLOUX *(n° 2)* : Mais comment donc ! Je vous en prie ! si vous allez faire des cérémonies… ! *(Présentant.)* Monsieur Truchet, mon cousin, que vous avez eu l'extrême amabilité…

TRUCHET *(n° 1)* : Madame, je suis confus de mon indiscrétion !… pour la première fois que j'ai l'honneur… !

JULIE *(n° 3)* : Mais je vous en prie… !

MME CHOUILLOUX, *apercevant la tête de Toto qui se risque hors du peignoir de sa mère* : Et c'est à vous, madame, cette charmante petite fille ?

JULIE, *dégageant Toto* : Oui !… oui ! seulement c'est un petit garçon.

MME CHOUILLOUX, *interloquée* : Ah ?… ah ? *(Comme excuse.)* À cet âge-là, n'est-ce pas ?… il n'y a rien pour distinguer.

JULIE : En effet oui !… oui !

TRUCHET : Et M. Follavoine n'est pas là ?

JULIE, *indiquant la porte de gauche premier plan* : Si ! si, par là !… par là !

TOTO, *mettant ingénument les pieds dans le plat* : Avec le cocu !

JULIE, *tirant vivement Toto derrière elle* : Oh !

MME CHOUILLOUX, *se demandant si elle a bien entendu* : Comment ?

JULIE, *vivement* : Rien ! Rien ! C'est… c'est un employé de mon mari.

MME CHOUILLOUX, *se pâmant* : Qui s'appelle Lecocu ! Ah ! Quel nom fâcheux !

JULIE, *avec un petit rire forcé* : N'est-ce pas ?… n'est-ce pas ?…

TRUCHET : Et difficile à porter ! difficile !

JULIE : Oui !… oui !

MME CHOUILLOUX, *de même* : A-t-on idée : « Lecocu » ! *(Brusquement changeant de ton.)* Oh ! Mais ça me fait penser : Mon mari doit être arrivé !

JULIE : Oui !… Oui, parfaitement ! il est là.

MME CHOUILLOUX : Aha !… avec eux !

JULIE : Eux ! Qui, « eux » ?

TRUCHET : Eh ! bien, M. Follavoine et M. Lecocu.

JULIE : Ah !… Oui !… oui, oui !… Asseyez-vous donc, je vous en prie ! Asseyez-vous donc !

> *Mme Chouilloux va pour s'asseoir (n° 1) sur le canapé tandis que Truchet remonte un peu pour chercher la chaise volante. À ce moment la porte de gauche s'ouvre et Chouilloux surgit suivi de Follavoine. Ils parlent tous deux à la fois.*

SCÈNE X

LES MÊMES, CHOUILLOUX, FOLLAVOINE

FOLLAVOINE : Monsieur Chouilloux ! je vous jure… !

CHOUILLOUX : Non, laissez-moi ! laissez-moi !

MME CHOUILLOUX, *s'avançant vers son mari* : Ah ! Adhéaume !

CHOUILLOUX : Vous, misérable !

TRUCHET et MME CHOUILLOUX, *ahuris* : Quoi ?

FOLLAVOINE, *au-dessus du canapé* : Dieu !

CHOUILLOUX, *montrant sa femme* : La voilà, tenez ! la femme adultère !

MME CHOUILLOUX : Moi !

CHOUILLOUX, *allant à Truchet et l'indiquant* : Le voilà, tenez ! l'ami félon !

TRUCHET : Mon ami… !

CHOUILLOUX, *arrivé au milieu de la scène, écartant sa redingote et avançant la poitrine* : Le voilà, tenez, le cocu ! le voilà !

FOLLAVOINE, *qui derrière les personnages est allé*

rejoindre (n° 3) *Chouilloux* (n° 4) *au milieu de la scène* : Mon Dieu ! mon dieu !

MME CHOUILLOUX : Mais c'est fou, mon ami, c'est fou !

TRUCHET : Mais qui est-ce qui vous a dit... ?

CHOUILLOUX : Qui m'a dit ? Tenez ! *(Indiquant Follavoine à sa droite.)* Demandez à monsieur ! *(Indiquant Julie à sa gauche.)* Demandez à madame !

FOLLAVOINE : C'est faux, monsieur Chouilloux ! c'est faux !

MME CHOUILLOUX, *allant à Chouilloux* : Mon ami... !

CHOUILLOUX, *l'écartant du geste* : Arrière, madame ! Je ne veux plus vous voir. *(Passant à Truchet.)* Quant à vous, monsieur, vous recevrez mes témoins !

Il remonte prendre son chapeau.

MME CHOUILLOUX, *s'élançant à sa suite* : Mon ami, je t'en prie, écoute-moi !...

TRUCHET, *remontant également* : Chouilloux ! mon ami...

CHOUILLOUX : Non !

Il sort suivi de sa femme.

TRUCHET, *redescendant et allant directement à Follavoine* : C'est vous qui avez dit ça ?

FOLLAVOINE *(n° 1)* : Mais non ! il y a malentendu !

TRUCHET : C'est bien, vous m'en rendrez raison !

Il lui applique une gifle.

FOLLAVOINE, *qui en voit trente-six mille chandelles* : N… de D… !

TRUCHET : J'attends vos témoins !

Il sort furieux.

FOLLAVOINE, *se tamponnant la joue* : Oh ! nom de nom de nom ! oh !

JULIE, *après un temps, les mains sur les hanches, toisant son mari d'un air dédaigneux* : Eh ! bien, tu es content ! Voilà ce que tu nous amènes avec toutes tes histoires !

FOLLAVOINE, *ahuri* : Moi !… Moi !… Tu oses dire que c'est moi !…

JULIE, *haussant les épaules* : Naturellement, toi ! Si tu n'avais pas invité tous ces gens-là à déjeuner[1] !

FOLLAVOINE : Moi ! Moi !

JULIE : Ah ! laisse-moi donc tranquille ! tu n'en fais jamais d'autres !

Elle sort furieuse par la porte pan coupé.

FOLLAVOINE : C'est ça ! C'est ma faute ! J'ai un duel à cause d'elle, et c'est ma faute ! *(S'effon-*

drant sur le canapé.) Oh ! non, non, cette femme me rendra fou !

Étouffant d'indignation, il aperçoit près de lui sur le guéridon l'autre verre d'Hunyadi-Janos ! Il se précipite dessus et l'avale d'un trait[1]*.*

TOTO, *le regardant absorber sa purge — À part, ravi* : Oh !

FOLLAVOINE : Ah ! pouah !

Il se précipite comme un fou dans sa chambre, gauche premier plan.

SCÈNE XI

TOTO, *puis* JULIE, *puis* FOLLAVOINE

TOTO, *une fois son père sorti, secouant joyeusement sa main de façon à faire claquer son index contre le pouce et le médius réunis* : Chic ! Chic ! *(Il va au guéridon, prend le verre vidé par son père, le renverse en l'agitant comme une sonnette, pour mieux constater qu'il est réellement vide; puis faisant à nouveau claquer ses doigts.)* Chic ! Chic ! *(Courant par l'extrême gauche, avec son verre à la main, entrouvrir la porte du pan coupé et appelant.)* Maman !... Maman !

VOIX DE JULIE : Quoi ? qu'est-ce qu'il y a ?

TOTO : Maman ! viens !

Il descend au milieu de la scène.

JULIE, *paraissant et allant rejoindre Toto* : Qu'est-ce que tu veux, mon chéri ?

TOTO, *avec un aplomb déconcertant* : Voilà !... J'ai bu !

Il tend son verre.

JULIE : Quoi ?

TOTO, *renversant le verre pour montrer qu'il est vide* : La purgation !

JULIE, *s'agenouillant près de lui* : Tu as bu ! Ah ! Chéri, que c'est gentil ! Eh ! bien, tu vois : ce n'était pas bien terrible !

TOTO, *avec un sourire malicieux* : Oh ! non !

FOLLAVOINE, *faisant irruption avec son paletot mis et son chapeau sur la tête* : Non ! Non ! j'aime mieux m'en aller ! j'aime mieux quitter la maison !

Il va jusqu'à sa table, sur laquelle il prend des papiers qu'il range nerveusement dans un dossier avant de sortir.

JULIE, *sans même s'apercevoir de l'état de son mari* : Bastien ! Bébé a pris sa purgation.

FOLLAVOINE : Je m'en fous !

Il sort furieux.

JULIE, *indignée* : Il s'en fout !... Il s'en fout ! *(À Toto.)* Tiens, le voilà ton père ! il s'en fout ! Ah ! heureusement, tu as ta mère ! Va ! aime-la bien, mon chéri ! aime-la bien !

Elle couvre Toto de baisers.

RIDEAU

DOSSIER

CHRONOLOGIE

(1862-1921)

1862\. *8 décembre.* Naissance de Georges Léon Jules Marie Feydeau à Paris. Il est le fils d'Ernest Feydeau, coulissier à la Bourse de Paris, féru de littérature et d'art : ce dernier fréquenta Théophile Gautier, Maxime Du Camp, Henry Monnier et Charles Baudelaire, écrivit un roman à succès (*Fanny*, 1858) et commit plusieurs pièces dont une seule fut mise en scène, mais échoua. Il avait épousé en 1861 une très belle Polonaise Léocadie Bogaslawa Zelewska qui fut, dit-on, la maîtresse du duc de Morny, voire de Napoléon III. L'un ou l'autre, selon les rumeurs, aurait été le véritable père de Georges.

1871\. Georges Feydeau est interne au collège Chaptal.

1872\. *Octobre.* Il entre en huitième au lycée Saint-Louis. Pendant sa scolarité, qu'il n'achèvera pas, il compose des « dialogues » et des « monologues », et fonde en 1876 avec son condisciple Adolphe Louveau le « Cercle des castagnettes ». Il a des talents d'acteur et d'imitateur qu'il exploite lors de matinées organisées par le « Cercle de l'Obole ».

1882\. *Septembre.* Il donne la première représentation publique d'une de ses pièces, *La Fenêtre.*

1883-1884. Il accomplit son service militaire en tant qu'infirmier. Il s'en souviendra pour moquer l'armée dans *Champignol malgré lui.*

1884. Il devient secrétaire du théâtre de la Renaissance et tient pendant un an la rubrique théâtrale dans le journal *XIXe siècle.*

1886. *17 décembre.* Création de *Tailleur pour dames* au théâtre de la Renaissance : gros succès qui sera suivi d'échecs à répétition pour les pièces qui suivent jusqu'en 1892 (*Un bain de ménage, Chat en poche, Les Fiancés de Loches, Le Mariage de Barillon...*).

1889. Il épouse Marianne Carolus-Duran, fille d'un des plus célèbres peintres de l'époque qui lui donnera quatre enfants, une fille, Germaine, et trois fils, Jacques, Michel et Jean-Pierre.

1892. Le succès revient avec *Monsieur chasse !, Champignol malgré lui,* et *Le Système Ribadier.*

1894-1896. Les succès se transforment en triomphes, non seulement à Paris (théâtres de la Renaissance, des Nouveautés et du Palais-Royal notamment), mais aussi à l'étranger et jusqu'aux États-Unis : *Un fil à la patte, L'Hôtel du libre-échange,* en 1894 ; *Le Dindon,* en 1896.

1899. *17 janvier.* Création de *La Dame de chez Maxim* au théâtre des Nouveautés. La pièce sera jouée deux ans de suite et aura six cents représentations dans ce même théâtre. Les droits d'auteur que lui rapporte la pièce permettent à Feydeau de se consacrer à ce qu'il considère comme sa vraie vocation : la peinture.

1902. *3 décembre.* Création de *La Duchesse des Folies-Bergère* au théâtre des Nouveautés. La pièce n'est jouée que quatre-vingt deux fois.

1904-1908. Feydeau produit, à un rythme moins soutenu

qu'auparavant, des œuvres dont certaines connaissent un succès considérable : *La main passe*, en 1904, *La Puce à l'oreille*, en 1907, et *Occupe-toi d'Amélie*, en 1908.

1908. Feydeau en a fini avec les grands vaudevilles à quiproquos et se tourne vers des farces en un acte traitant, sur le mode du sarcasme, les déboires de la vie conjugale. Ce sera *Feu la mère de Madame*, en 1908, *On purge bébé*, en 1910, *Léonie est en avance*, en 1911, *Mais n'te promène donc pas toute nue !*, également en 1911, et *Hortense a dit : « Je m'en fous ! »*, en 1916.

1909. *Septembre.* Préférant la vie de café sur les boulevards au domicile conjugal, Feydeau s'installe à demeure à l'hôtel Terminus, près de la gare Saint-Lazare, qu'il habitera jusqu'en 1918. Le divorce sera prononcé en 1916.

1910. *12 avril.* Création d'*On purge Bébé !*, avec Cassive, au théâtre des Nouveautés, en complément du *Phénix* de Valabrègue, pièce qui, le 1er juin, fut remplacée par *Crampon* de Robert Dieudonné.

1911. Création et succès de *Mais n'te promène donc pas toute nue !*.

1912. Reprise d'*On purge Bébé !* au théâtre Michel, avec la même Cassive dans le rôle de Julie Follavoine.

1918-1919. Feydeau contracte la syphilis et, atteint dans ses centres nerveux, est hospitalisé à Rueil-Malmaison, au « Sanatorium », maison de santé du professeur Sicard.

1921. *5 juin.* Mort de Georges Feydeau. Il repose au cimetière Montmartre.

NOTICE

Les raisons du succès à la création

Après le triomphe de Cassive dans *La Dame de Chez Maxim* en 1899 (et lors de ses nombreuses reprises), après la performance insolite qu'elle avait accomplie dans le rôle d'Yvonne de *Feu la mère de Madame* en 1908, où elle avait changé totalement d'emploi et d'allure, on ne pouvait s'attendre, pour *On purge Bébé !*, deux ans plus tard, le 12 avril exactement, qu'au même succès, sinon au même triomphe[1], dans ce théâtre des Nouveautés qui avait créé le plus grand nombre des plus célèbres pièces de Feydeau. Le naturel que les critiques ont toujours tenu pour la première qualité de l'actrice lui avait attiré, pour son Yvonne de *Feu la mère de Madame*, des éloges du genre : « Mlle Cassive, qui est d'une verve

1. La pièce connut quatre-vingt-cinq représentations dans la distribution qui est reproduite en tête du texte de l'œuvre. Comme elle ne pouvait se donner seule, elle était tributaire de la qualité de l'œuvre dont elle était le complément. Il faut donc considérer que quatre-vingt-cinq représentations constituent un succès tout à fait honorable ; la preuve en est qu'elle fut reprise en 1910 à l'Olympia et en 1911 au théâtre Antoine.

étourdissante et sait, dans la charge, garder une mesure de bon goût[1].» Qui était donc cette comédienne? Le moins qu'on puisse dire est qu'elle revenait de loin.

Cassive[2], en effet, était une chanteuse et une danseuse d'opérette et de revue qui, après un premier rendez-vous manqué avec Feydeau en 1888, allait représenter pour lui (et sans doute pour ses contemporains) le plus haut degré de la féminité : facile, sensuelle, gaie et vivant dans l'instant. Les éloges qu'il ne cessera de lui décerner sont tout à fait exceptionnels et d'une rare pénétration. Quand il la revoit en 1892, c'est l'éblouissement, mais sa beauté et sa vitalité ne suffisent pas pour faire d'elle l'actrice idéale et Feydeau ne nourrit pas d'illusion : «À parler franc, comme actrice, rien ne faisait présager

1. Jugement d'Edmond Stoullig tiré de Jacques Lorcey, *Georges Feydeau*, La Table Ronde, 1972. p. 165.

2. Louise Armandine Duval dite Cassive, née en 1874, commença sa carrière en 1888 en jouant *La Commère* dans un caf'conc' de la rue Biot; Feydeau lui proposa alors d'entrer au théâtre des Variétés, ce qu'elle refusa. Elle fut ensuite engagée à l'Européen puis au Bataclan. Feydeau la revoit jouer en novembre 1892 dans *Le Pays de l'or*, opérette montée au théâtre de la Gaîté. En 1896, elle est embauchée par Michau dans la troupe du théâtre des Nouveautés, alors qu'elle s'est, jusqu'à ce jour, distinguée dans des revues et des opérettes à la porte Saint-Martin et aux Folies-Dramatiques. Elle sera la vedette préférée de Feydeau : sans parler du rôle de la Môme dans *La Dame de chez Maxim* dont elle assura maintes reprises (en 1906, 1908, 1916-1917, 1920), elle rencontre un très grand succès dans *Occupe-toi d'Amélie*, en 1908 (255 représentations). Après avoir créé *Feu la mère de Madame* la même année, *On purge Bébé !*, en 1910, *Mais n'te promène donc pas toute nue !*, en 1911, ce sera encore le cas pour *Hortense a dit : «je m'en fous !»*, en 1916; elle joue dans la reprise d'*Un fil à la patte* et de *Monsieur Chasse !*, en 1911, et elle reprend le rôle de Bichon dans *Je ne trompe pas mon mari* en 1916. Elle est encore de la distribution en 1923 dans *Cent millions qui tombent.*

encore l'excellente comédienne qu'elle deviendrait plus tard. » En effet, dit Feydeau, « elle avait un grand défaut ; elle était restée chanteuse d'opérette ; elle parlait comme un ténor ; c'était insupportable dans le dialogue. Peu à peu, à force de volonté, elle eut raison de ce travers[1]. »

La comédienne fit un triomphe dans le rôle de la Môme dans *La Dame de chez Maxim* : elle tint l'affiche pendant deux ans au théâtre des Nouveautés ! Triomphe renouvelé avec *La Duchesse des Folies-Bergère*, avec la Julie d'*On purge Bébé !*, avec la Lucette Gautier du *Fil à la patte*, à la reprise de 1911. À l'occasion de la reprise d'*On purge Bébé* en 1912, au théâtre Michel, Feydeau fit de Cassive un portrait où l'on sent s'exprimer toute la tendresse sans paternalisme d'un auteur pour celle qui a haussé ses pièces bien au-dessus du mécanisme bien huilé auquel trop souvent on veut les rabaisser : « … C'est Cassive qui reprend le rôle dans lequel elle a laissé un souvenir si étourdissant. "Ma Cassive", pourrais-je dire, car elle fait tellement corps avec mes pièces, que le public nous voit en quelque sorte inséparables l'un de l'autre. Un ouvrage de moi sans mon interprète favorite, Cassive dans une pièce qui n'est pas de moi, cela semble quelque chose d'incomplet, de dépareillé. Nous deux ensemble, c'est presque la partie gagnée, ou alors, c'est ma faute. […] Comme me disait quelqu'un : "Cassive, c'est un peu vous qui l'avez créée ; et si l'on devait lui établir son pedigree comme disent les gens de courses, il ne serait pas exagéré de mettre : 'Cassive, par Georges Feydeau et *La Dame de chez Maxim*'." On ne pouvait pas me faire un meilleur compliment[2]. »

1. Ces phrases sont tirées de Jacques Lorcey, *op. cit.*, p. 116-117 et 137.
2. *Ibid.*, p. 223-224.

Pour jouer *On purge Bébé !* il fallait ajouter à la *nature* un savoir-faire de grande professionnelle capable de *composer* une image vraisemblable de souillon mal embouchée que les spectateurs devaient percevoir comme spontanée et riche d'une vitalité volcanique saisie sur le vif, tandis que ses efforts pour paraître une femme bien élevée devaient à l'inverse paraître gauches et mal assimilés. La critique tout entière s'y est laissée prendre et c'est autour des termes de *naturel* et de *vérité* dans le « rendu » que les éloges se focalisèrent. Comme c'est la justesse d'observation que l'on apprécie alors chez le nouveau Feydeau, plutôt que ses inventions comiques qui iraient jusqu'à faire du tort à la pièce si elles attiraient trop l'attention, l'unanimité fut totale pour joindre dans la même louange l'auteur et son interprète. « Il faut, écrivit Nozière, la [Cassive] voir en peignoir, vulgaire, les cheveux mal peignés. Il faut apercevoir son jupon et son linge bon marché[1]. Il faut contempler ses bas qui tombent sur ses savates. C'est une vision d'une extraordinaire justesse. Chacune de ses intonations, chacun de ses mouvements, chacun de ses gestes est observé, vrai, simple. Il n'y a pas une actrice qui joue la comédie avec cette franchise et qui possède une telle

1. Alors que Feydeau, dans ses indications scéniques, précise qu'elle porte « *un petit jupon de soie, sur la chemise de nuit qui dépasse par en bas* ». L'erreur est significative : la tonalité générale d'une mise en scène s'impose et colore toutes ses composantes secondaires, même celles qui ne sont pas en accord avec elle. Le même Nozière dans un article rapporté par Jacques Lorcey (*op. cit.*, p. 210) signale comment Cassive a réussi à garder sa silhouette séduisante tout en servant les exigences du rôle : « Elle reste jolie. Il est facile de s'enlaidir et de provoquer le rire du public. Ce qui est plus délicat, c'est de prendre une attitude ridicule en demeurant agréable à regarder. »

puissance de comique[1]. » Quant aux commentaires de la pièce elle-même, ils soulignent les mêmes qualités et la même originalité.

Ainsi Gaston Sorbets : « La verve comique jaillit là, non d'un effet plus ou moins étourdissant de situation mais du simple effet de l'observation la plus directe, la plus immédiate, des êtres et des choses[2]. » Même le très sérieux Henri de Régnier fait chorus dans le *Journal des débats* : « ... Il [Feydeau] va de la bouffonnerie la plus outrée au réalisme le plus exact. [...] Il faut voir ce qu'en a fait l'habile et verveux écrivain qu'est M. Feydeau, ce qu'il y a mêlé d'observation ; [...] pas un instant la touche ne faiblit, et chaque fois qu'elle se pose, elle accentue un détail pittoresque de l'ensemble[3]. » Adolphe Brisson, successeur et gendre du tout-puissant Francisque Sarcey, analyse avec minutie la nouvelle orientation de la *vis comica* de Feydeau : « Si nous essayons de décomposer les éléments de sa gaieté propre, nous constatons qu'elle est, tout au moins dans cet ouvrage (et par là il diffère de quelques-unes de ses pièces antérieures) à base exclusive d'observation. Ici l'effet comique ne jaillit que de la réalité précise du détail. Vraie, l'atmosphère de ce petit drame bourgeois ; vrais, le caractère, l'allure des personnages ; vraie, la cordialité intéressée, un tantinet hypocrite, de M. Follavoine envers le protecteur influent ; vraie, l'insouciance débraillée de son épouse, molle, désordonnée, trop tendrement maternelle[4] ; vraies, la bonhomie solennelle et vaniteuse

1. Cité par Henry Gidel, notice d'*On purge Bébé !*, *Théâtre complet* de Feydeau, *Classiques Garnier*, t. IV, 1989, p. 173.

2. Dans la présentation de la pièce, *L'Illustration théâtrale*, n° 157, 20 août 1910.

3. *Ibid.*

4. Le jugement des admirateurs plus récents de Feydeau est

de M. Chouilloux, la vulgarité potinière de ses propos; vrais, oh! combien! la détestable éducation ou plutôt l'absence d'éducation de l'enfant terrible, ses saillies, ses gestes, l'impuissance des parents trop faibles contre cette puérile et tenace volonté. La notation familière et prosaïque de l'existence quotidienne, on la rencontre dans les dialogues d'Henry Monnier. Elle y apparaît monotone, quelquefois lugubre. Elle ne devient scénique que lorsqu'un certain sens du pittoresque s'y allie, la relève, y ajoute du piquant. [...] Deux objets occupent dans la pièce une place capitale : le seau de toilette de Madame, le pot de chambre de Monsieur... L'auteur jongle avec eux agréablement... Le seau court après le pot; le pot vole de main en main et se brise (il est fait d'une porcelaine incassable!). [...] Son ouvrage [de Feydeau] fleure le franc terroir gaulois; il se raccorde à l'œuvre des peintres réalistes de la vie populaire et bourgeoise, les Furetière, les Scarron, les Collé, les Paul de Kock, les Moinaux, les Chavette, les Courteline[1]. Et c'est

---

beaucoup plus dur pour le personnage de Julie : « Julie est un concentré particulièrement réussi de la mauvaise foi, de l'illogisme, de l'inconscience et de l'entêtement féminins, poussés jusqu'au sublime », Jacques Lorcey, *op. cit.* p. 209.

1. Charles Collé (1709-1783) est l'auteur du XVIIIe siècle qui se rapproche le plus, au théâtre, d'un certain réalisme décoratif (au niveau des costumes, du mobilier et de la vaisselle) et cela dans sa *Partie de chasse de Henri IV* (1762), la seule de ses œuvres qui soit exempte de paillardise et d'une insolence proches de la vulgarité. Paul de Kock (1793-1871), auteur de près de deux cents drames et vaudevilles, peint les petites gens de Paris. Il eut son heure de gloire vers 1920. Cette seule phrase de Chateaubriand suffit à l'écarter de Feydeau : « Paul de Kock est consolant, jamais il ne présente l'humanité sous le point de vue qui attriste; avec lui on rit et on espère. » Pour Courteline (alias Moinaux) voir, *supra*, la préface, p. 12. Quant à Eugène Chavette (1827-1902), c'est un humoriste dont la tendance au

pour cela que j'y attache du prix. Il contient plus de substance psychologique, plus de moelle que certains vaudevilles savamment machinés. Je souhaite que M. Feydeau persévère dans cette voie, et que, sans cesser de se montrer habile et ingénieux, il s'inspire directement de la nature[1]. » On croirait entendre le conseil que La Fontaine donnait à son ami Molière, en 1661, au lendemain des *Fâcheux* : « Et maintenant il ne faut pas / Quitter la nature d'un pas » !

La citation de Brisson, pour longue qu'elle soit, est riche de justesse et... d'insuffisance : le critique remarque à juste titre que le comique de la pièce résulte de la précision dans l'observation du détail banal et vulgaire, mais il ne dit pas comment celle-ci est la cause de celui-là. Il fournit même des arguments contre lui en faisant remarquer que la notation du prosaïque est ennuyeuse chez Monnier. Il y faut donc autre chose, que Brisson croit déceler du côté du « franc terroir gaulois », entendez du comique scatologique des fabliaux et fables médiévales. Et le pittoresque invoqué n'explique pas grand-chose, pas plus que la multiplication des références assez disparates à des écrivains qui sont loin de se ressembler et de ressembler à Feydeau : Scarron et Furetière relèvent du burlesque et leur goût pour le littérairement incorrect et les rapprochements les plus inattendus fait d'eux à coup sûr des ancêtres d'un certain Feydeau, mais Courteline a de la « vérité » une conception intellectuelle (il pense ses pièces *avant* de les écrire), tandis que la réalité paysanne n'a de place dans le théâtre de Collé que comme toile de fond.

---

burlesque le porte vers le scabreux et dont la légèreté cohabite avec le macabre.

1. Cité dans la page de garde du texte, *L'Illustration théâtrale*, n° 157, *op. cit.*

Somme toute, Brisson n'accorde pas une grande part d'invention à Feydeau. Si la vérité de l'observation fait mouche chez lui, c'est grâce à sa mise en œuvre verbale, cette mise en œuvre étant elle-même source de comique par son traitement faussement logique qui la mène imparablement du côté de l'absurde. Obligé par Julie Follavoine de sortir des cadres rationnels de ses façons de penser, le spectateur, secoué sur ses bases, se met à trembler de tout son être : il se tord de rire !

Molière est volontiers appelé à la rescousse pour glorifier Feydeau sous la plume de Francis Chevassu dans *Le Figaro* comme si des références massives pouvaient tenir lieu d'argument, sans parler de considérations qui tombent à plat, telles celles de Robert de Flers : « La pièce appartient à la grande tradition ; elle a, en son genre, quelque chose de classique ; elle s'inspire d'une verve gauloise forte, drue et savoureuse[1]. » Comme quoi le classicisme n'est pas là où l'on croit, mais dans les paillardises et les plaisanteries, bien de chez nous, d'en dessous de la ceinture. Cependant, l'année suivante, après avoir assisté à la création de *Mais n'te promène donc pas toute nue !*, le même Robert de Flers ne se contente pas de souligner les deux qualités majeures, d'observation et de vérité, des dernières pièces de Feydeau, il ajoute : « Il ne faut pas s'étonner que Georges Feydeau en soit venu aux comédies — violemment comiques et presque réalistes — oui, réalistes dans le ton du dialogue, si elles sont encore parfois fantaisistes, dont *Feu la mère de Madame* restera le modèle le plus parfaitement achevé[2]. » Le « violemment comiques » est un oxymore

1. Texte cité dans les *Cahiers Renaud-Barrault*, n° 33, février 1961, p. 121.
2. *Ibid.*

qui ouvre des portes sur l'aspect inquiétant, voire menaçant, du rire, chez Feydeau.

Les autres mises en scène

La pièce, reprise en 1912, a connu ensuite une longue période d'oubli ; elle ne fut rejouée qu'en 1929, au théâtre de la Porte Saint-Martin, et en 1949, au théâtre Marigny, par la compagnie Renaud-Barrault qui eut une tendresse particulière pour les œuvres de Feydeau (*Occupe-toi d'Amélie* en 1948). Sans s'en douter Jean-Louis Barrault donnait le signal d'un retour de fortune de la pièce, dont les metteurs en scène, à partir de 1990, se sont aperçus qu'ils pouvaient lui faire dire à peu près n'importe quoi, tout en restant dans le registre de la farce *énaurme.* Barrault, quant à lui, respecte encore un certain équilibre des possibles : à l'occasion de sa mise en scène[1], il consacra à la pièce deux pages de commentaires sous le titre « Feydeau ou Sur le rire et l'observation », dans *Une troupe et ses auteurs.* On y lit ces lignes qui visent à concilier les deux tendances antinomiques du sérieux dans la peinture du réel et de la gratuité dans le déchaînement du fou rire : « L'humanité profonde de Feydeau ne perd jamais rien de sa vérité, même dans les instants où Feydeau se laisse aller à son imagination la plus folle. [...] Feydeau a poussé à l'extrême l'observation de la vie intime du quotidien. Feydeau est un cas limite de l'observation, du bon sens et de la précision

1. La distribution était la suivante : Madeleine Renaud en Julie Follavoine, Pierre Bertin en Bastien Follavoine, Christian Simon en Toto, André Brunot en Adhéaume Chouilloux, Jean-François Calvet en Truchet, Janine Wansar en Clémence Chouilloux, et Ginette Nicolas en Rose.

implacable. En cela il atteint la monstruosité du phénomène. On le croirait fou, en fait il est génial[1]. » Avec ce concept de monstruosité, Barrault va plus loin qu'aucun de ses contemporains dans la connaissance d'un auteur qui n'est pas loin, de ce fait, d'être tenu pour surréaliste, au sens que Guillaume Apollinaire donnait à ce mot[2].

Dans les années 1970, *On purge Bébé !* réapparaît, mais dans le registre du théâtre de boulevard, destiné uniquement à faire rire : en 1973, au théâtre des Célestins, à Lyon, dans une mise en scène de Jean Meyer ; au théâtre des Variétés, en 1978, dans le cadre d'un spectacle nommé « Boulevard Feydeau » par son metteur en scène Raymond Jérôme. La fin du XXe siècle et le début du XXIe connaissent une véritable renaissance de la pièce : en 1994, Bernard Murat met en scène la pièce au Théâtre Édouard-VII avec Muriel Robin en Julie, Pierre Richard en Follavoine et Darry Cowl en Chouilloux ; en 2009, Laurent Brethome donne de la pièce une version où la bouffonnerie est poussée jusqu'au délire[3] si l'on en juge par la critique : « Ici cinq comédiens campent des rôles outranciers. Parmi eux, on retiendra l'enfant terrible, Toto, joué par un comédien d'une trentaine d'années qui rappelle étrangement le guitariste du groupe ACDC ; ce dernier ne cesse de trépigner et de

1. *Une troupe et ses auteurs*, publication de la compagnie Renaud-Barrault / J. Vautrain, 1950, p. 51-52.

2. Ce surréalisme-là s'appuie sur la réalité la plus banale et la rend incandescente d'excès et de folie. Un bon exemple en est donné dans *Les Mamelles de Tirésias*, *Œuvres complètes* [de Guillaume Apollinaire], Gallimard, Bibliothèque de la Pléiade.

3. La pièce montée une première fois en 2005 fut reprise en 2009 par Le menteur volontaire, compagnie de Brethome. Yann Garnier tenait le rôle de Toto et s'y tailla un beau succès. Philippe Sire incarnait Chouilloux.

terroriser son entourage. » Le tout « dans un univers composé de cartons, de pots de fleurs et de pots de chambre disposés sur des meubles bancals[1] ». Le metteur en scène combine classicisme et modernité pour finir dans une explosion tonitruante : « Brethome peut s'amuser à torpiller les codes du classique pour terminer sur un final qui ose tout et qui affirme haut et fort que tout ceci n'est qu'une farce, un vaste jeu voire du cirque avec un auguste clown blanc et un mime hilarant[2]. »

En 2010, coup double : Gildas Bourdet monte *On purge Bébé !* avec *Léonie est en avance* au théâtre du Palais-Royal[3], tandis qu'Alain Françon, reprenant une idée de Feydeau, intitule sa mise en scène des quatre dernières pièces en un acte de Feydeau « Du mariage au divorce ». Il les présente au Théâtre National de Strasbourg en septembre-octobre 2010, puis au théâtre Marigny (là même où Barrault avait présenté sa version d'*On purge Bébé !*) en janvier-mai 2011. Les mêmes acteurs se partageaient les rôles des quatre pièces[4] dans une mise en scène qui, en droite ligne de celle qu'il avait élaborée pour *La Dame de Chez Maxim*[5], se souciait d'abord de faire ressortir la noirceur du conflit et la satire sans merci de la bourgeoisie, au risque de faire passer au second plan tout ce que la pièce contient d'éléments

1. Élise Ternat dans *Les Trois Coups*.
2. Nadja Pobel in *Petit bulletin*, n° 520, mis en ligne en février 2009.
3. Avec Christiana Reali, Pierre Cassignard et Dominique Pinon.
4. Avec Éric Elmosnino en Chouilloux, Gilles Privat en Follavoine, Julie Pilod dans le double rôle de Rose et de Toto, Anne Benoit en Clémence Chouilloux, Philippe Duquesne en Truchet et Dominique Valadié en Julie.
5. Voir *La Dame de chez Maxim*, Gallimard, Folio théâtre n° 134, p. 379-381.

farcesques propres à provoquer un rire immédiat[1]. C'est chez Dominique Valadié, selon un blog de Jambrun déposé sur Internet, « qu'on voit le mieux apparaître cette pente à la folie obsessionnelle qui fait le côté souvent monstrueux des personnages de Feydeau ». « Monstrueux », le mot même qu'employait Barrault. Comment concilier comique et monstruosité, là est tout le problème[2].

Le désir de Françon de prendre une pièce du Boulevard au sérieux et de donner le maximum de chance à ses personnages en les poussant jusqu'au bout de leur délire est une idée qui titille l'esprit des metteurs en scène depuis des décennies, moins, il est vrai, en ce qui concerne Feydeau que Labiche. La vision noire qui consiste à pousser le vaudeville au cauchemar, voire à la

1. Déjà, à la création de *Mais n'te promène donc pas toute nue !*, en 1911, le critique Gaston de Pawlowski avait été assez perspicace pour percevoir dans les dernières pièces de Feydeau une noirceur invisible à la plupart des spectateurs : « Ce théâtre-là, sous une apparente frivolité cynique, dépasse de beaucoup la compréhension de certains spectateurs », cité par Jacques Lorcey, *op. cit.*, p. 218.

2. Cette monstruosité était également sensible à un Marcel Achard qui écrivait : « Il [Feydeau] ne veut rien garder que son atroce drôlerie, qu'il exercera sur un ménage : un homme faible et pas très intelligent, en proie à une terrible, ravissante, impitoyable mégère. [...] Ce sont bien, en effet, les embêtements, les interminables discussions, les épouvantables petites catastrophes de la vie d'un homme et d'une femme qui ne sont plus liés ensemble que par l'habitude qu'on trouve dans ces quatre pièces. Ces deux mal mariés seraient des personnages de Strindberg, si l'auteur ne les avait fait passer devant des miroirs concaves, convexes, gondolés ou simplement grossissants de son génie comique » (« Georges Feydeau notre grand comique », in *Cahiers Renaud-Barrault*, n° 32, décembre 1960, p. 53).

critique marxiste de la bourgeoisie et du capitalisme sous-jacent, avait été inauguré en 1966 par Patrice Chéreau avec *L'Affaire de la rue de Lourcine* de Labiche et plus tard, en 1988, avec la même pièce, par Klaus-Michael Grüber. Si l'on prend en compte cette boutade profonde rapportée par Jean-Marie Thomasseau : « Le vaudeville est une tragédie qui a mal tourné[1] », il faut s'attendre qu'*On purge Bébé !* donne lieu à des expériences qui poussent très loin le renversement des points de vue usuels.

Dans la mise en scène que Jean-Luc Lagarce proposa en novembre 1990[2] avec sa compagnie la Roulotte, l'accent était mis sur la faillite à laquelle la France (rien moins !) des petits bourgeois est vouée, dans les rapports conjugaux, familiaux et sociaux qui en constituent le tissu en train de se démailler. Il écrivit pour le programme un texte où son humour acide fait feu des quatre fers :

Vue de loin, de très loin — les Îles Zébrides, Ébrides, Hébrides, bref vu de loin, ou incroyablement grossi, un nid d'insectes tendance cloportes, sous le microscope, regardé par le trou de la

1. Cité dans « La dramaturgie de la scie », dossier « Le vaudeville », *Europe*, n° 786, octobre 1994, p. 89.

2. La pièce créée à Montbéliard fut jouée dix-huit fois ; la dernière eut lieu aux halles de Rungis, où elle fit un triomphe. Lagarce dans son *Journal* dit de ce spectacle : « Mon premier *succès populaire* », cité par Jean-Pierre Thibaudat in *Le Roman de Jean-Luc Lagarce*, éd. Les Solitaires intempestifs, 2007, p. 233. Ce livre rend compte en détail du travail de mise en scène, p. 230-233. La distribution comprenait : Denise Peyron dans le double rôle de Clémence Chouilloux et de Rose, Mireille Herbstmeyer en Julie Follavoine, Jean-Claude Jay en Chouilloux, François Berreur en Truchet et Emmanuelle Brunschwig en Toto, costumé en lapin bleu.

serrure ou écouté à travers la cloison du bon voisinage petit-bourgeois ; c'est une pièce sur la France, « une certaine idée de la France », une pièce sur la France et ses habitants, leurs mœurs étranges de tribu primitive et sur les deux ou trois choses essentielles à sa compréhension et à sa bonne marche : l'Armée française, la Famille française et les pots de chambre français en porcelaine incassable, de Limoges (Haute-Vienne), probablement. C'est une pièce comique sur les lieux d'aisances, sur les horreurs et nécessités de la guerre et sur l'éducation des enfants, ce qui revient au même, peut-être. C'est une pièce sur les imbéciles qui appellent leurs fils Toto, diminutif logique d'Hervé et qui pense parfois qu'un bon massacre avec mitraille et tranchées boueuses ne ferait pas de mal à un enfant de sept ans. C'est une pièce sur les mérites comparés des différentes formes de l'entérite, l'entérite relâchée et l'entérite constipée, dont on voudra bien admettre qu'il ne faut pas les confondre, et sur les vertus particulières des villes d'eaux, Châtel-Guyon (Puy-de-Dôme) ou Plombières-les-Bains (Vosges), bien connue pour ses sulfates sodiques et ferrugineux. [...] C'est plein encore d'accessoires aussi faciles à manœuvrer que les seaux hygiéniques pleins et les laxatifs fulgurants, de femmes en bigoudis et peignoirs pas nets, de représentants du ministère de la Guerre réformés et cocus, d'amants amateurs de footing et bonne à tout faire, bonne à rien. C'est la matinée ordinaire, très ordinaire, d'un homme dans les emmerdements jusqu'au cou, épuisé par une mégère et un morveux. Un pauvre type, avec toute la médiocrité nécessaire pour finir par paraître sympathique, un « moyen », très moyen, qui cherche à mettre sa famille à l'abri du besoin grâce à ceux des autres. Un affreux poujadiste si on veut mais on fait mieux depuis, « va-t'en guerre » et craintif devant sa femme, veule et opportuniste devant le premier fonctionnaire venu, un petit, un obscur, esclave du Travail — Famille — Patrie et déchaîné à la fois, prêt à exploser de son propre abrutissement. C'est la journée d'une vociférante domestique, une Agrippine de l'huile de ricin, la mèche en bataille et la jarretelle égarée, une Mère Ubu du palier d'en face, ses excréments dans une main et son gosse dans l'autre, se négligeant parce que négligée, une louve méchante et burlesque, Thénardier teignasse prête à mitrailler tout ce qui touche à son bébé, la chair de ses chairs. C'est la vie d'un chiard de sept ans, l'enfer de n'être pas orphelin, Œdipe d'HLM, enjeu de la bataille rangée qui lui sert de foyer, traître, combattant et résistant à la fois, tireur de langue et constipé congénital, nul en géographie, refusant de livrer son corps à sa mère et sa tête à son père, engendrement de deux affreux et doublement affreux, de fait. Un enfant, un vrai, comme ceux des autres, tous les autres[1].

Lagarce agrémenta sa mise en scène de gags de son cru, tel celui qui consista à coiffer Clémence Chouilloux d'un énorme chapeau, de la même forme et de la même matière que l'abat-jour de la lampe sur pied. De plus, un décor ingénieux réussissait à faire voir d'un seul coup d'œil tout l'appartement des Follavoine (cabinet de travail, cuisine, chambre, entrée), de façon à rendre compte de la porosité et de la fragilité des lieux. Le décor, « fatras de meubles, de bibelots et d'accessoires cosignés par la costumière Patricia Dubois et Jean-Luc Lagarce[2] », [...] « était d'une laideur volontaire à faire frémir. [...] On avait réuni des tas de choses kitch comme un chien en plâtre sur la cheminée. [...] Dans la bande-son Jean-Luc avait demandé des bruits de chasse d'eau obsédants. On s'est fait détester avec ce spectacle provocateur, violent[3] ».

Dans sa mise en scène de la pièce, en 1996, Jean-Luc

1. Ce texte a été repris dans *Traces incertaines, mises en scène de Jean-Luc Lagarce 1981-1995*, éd. Les Solitaires intempestifs, 2002.
2. Jean-Pierre Thibaudat, *op. cit.*, p. 232.
3. Patrick Bru, directeur technique de la compagnie, cité par Jean-Pierre Thibaudat, *op. cit.*, p. 233.

Terrade récrit partiellement la pièce en la situant dans une maison délabrée où la porte bat à tout vent, en ajoutant nombre de jeux de scène avec, entre autres, un Toto qui « passe son temps à se jouer de l'équilibre : il marche avec les bras en balancier sur la tranche des pans de l'immeuble, transporte sur sa tête des vases de nuit empilés, les lance en les faisant virevolter, se balance au bout d'un câble ou se recroqueville sur la pointe des pieds[1] », et tout à l'avenant.

Il n'est pas question ici de se scandaliser du traitement infligé à un texte mais de suivre les propositions radicales d'un metteur en scène qui va jusqu'au bout d'une idée qu'on pourrait déjà voir déposée implicitement dans la référence à Strindberg que faisait Marcel Achard en 1961. Selon Jean-Yves Coquelin, « *On purge Bébé !* est plus la marque du regard écœuré d'un homme lucide sur notre incapacité à nous ouvrir à l'autre qu'une énième pochade destinée à faire rire avec supériorité de personnages de carton-pâte. [...] Il s'immisce dans notre intimité, dans notre désordre intérieur et, si le rire y trouve sa place, ce n'est que pour mieux nous emporter avec joie dans l'horreur du miroir[2] ». « L'ignoble vitrine fin de siècle » qu'offre la mise en scène est là pour nous faire comprendre que « les périls que connaît notre monde paraissent directement hérités de la vertigineuse vacuité de nos grands-parents » puisque « les valeurs dis-

1. Note 13 de l'article de Jean-Yves Coquelin, « Au (dé)bord du théâtre » in *Théâtre/Public*, n° 130-131, 3e trim. 1996. La pièce intitulée *On purge... (bébé)* a été créée du 22 au 28 mars 1996 au théâtre du Port de la lune de Bordeaux, avec Maury Deschamps et Hubert Chaperon (les Follavoine), Alain Daffos (Toto), Martine Pont (Rose et Madame Chouilloux), Daniel Strugeon (Monsieur Truchet) et Jean-François Toulouse (Monsieur Chouilloux).

2. *Théâtre/Public*, *op. cit.*, p. 64-65.

tillées par la société occidentale, généreusement tournée vers la liberté du citoyen, ont paradoxalement condamné chacun de nous à un exil intérieur (privé du contact des autres et des confrontations de la pensée)[1] ». On le devine, le metteur en scène n'y va pas de main morte dans la dénonciation à la fois morale et politique de notre civilisation occidentale.

Deux lignes parallèles et opposées, on le voit, se partagent la mise en scène de Labiche et Feydeau à partir de 1985 : les théâtres de la rive droite[2] (héritiers directs du théâtre des boulevards) choisissent le rire immédiat et facile suscité par des vedettes hautement spécialisées comme Jacqueline Maillan ou Jean Poiret tandis que les artistes de gauche (gauche politique tout autant que gauche géographique), qui jusqu'alors méprisaient ce théâtre décadent et bourgeois[3], découvrent la possibilité d'en dégager un sous-texte, destructeur sournois des pseudo-valeurs qu'il semble se contenter de moquer gentiment[4]. Il y avait beau temps, sans doute, que les

1. *Ibid.*, p. 66.

2. Exemples : la mise en scène de Bernard Murat au théâtre Édouard-VII, en 1994, avec Pierre Richard en Follavoine, Muriel Robin en Julie, Darry Cowl en Chouilloux ; ou, à un moindre degré, la mise en scène de Jean-Luc Jeener, en 2004, au théâtre du Nord-Ouest avec Benoît Dugas en Follavoine, François-Paul Dubois en Chouilloux et Angélique Dessaint en Julie.

3. Françoise Kourilky affirmait en 1962 à propos d'*Un fil à la patte* : « Qu'il n'y ait chez Feydeau pas la moindre volonté de mise en question, encore moins de critique, cela ne fait aucun doute », *Théâtre populaire*, n° 45, 1er trim. 1962, p. 147.

4. Il y a davantage d'idées de costumes et de scénographie dans la mise en scène de Jean-Christophe Averty au théâtre des Bouffes du Nord, en 1991, avec Bernard Menez en Follavoine, Annick Roux en Julie et un Toto adulte déguisé en Père Ubu, avec une gidouille ; également dans la mise en scène de Jean-

de Flers, Barrault et Achard avaient senti quelle sourde violence sociale (voire politique) se dissimulait sous des dehors de satire conjugale ; désormais c'est la seule lecture qui sera recevable, appuyée parfois jusqu'à l'arbitraire mais, de toute façon, plus riche qu'une simple mise en mouvement des muscles zygomatiques.

Cette ligne n'est pas, on s'en doute, celle qu'adopteront les cinéastes qui s'empareront très vite d'*On purge Bébé !* pour en faire matière à divertissement : c'est le cas de l'adaptation qu'en fit Jean Renoir en 1931 sur un scénario de Pierre Prévert : au chômage depuis le début du cinéma parlant (1927), Renoir avait dû, en tâche alimentaire, tourner un film tiré de la pièce de Feydeau. « Il y révolutionna les studios, selon Georges Sadoul[1], à une époque où les imitations sonores étaient la règle, en enregistrant directement le bruit d'une chasse d'eau. » Le film eut du succès.

Un autre succès accueillit la vidéo tournée par Marcel Bluwal pour la télévision, en 1961, avec le trio des vedettes les plus célèbres du théâtre de boulevard : Jacqueline Maillan, Jean Poiret et Michel Serrault. Avec le recul du temps et les souvenirs que l'on peut avoir gardés de ce trio de comédiens dans les décennies qui suivirent, on est étonné de la discrétion de leur jeu : collant au texte, ils ne cherchent nullement à en amplifier les effets comiques et se contentent de jeux de physionomie (surtout Poiret-Follavoine) tandis que Julie-Maillan, pas du tout débraillée, manifeste essentiellement sa mauvaise humeur par des sourires sarcastiques, laissant à son mari le soin d'exploser en colères

---

Michel Rabeux à la MJC93 de Bobigny, en 2004, avec Michel Fau en Follavoine et Claude Degliame en Julie, confondus, par leurs vêtements à rayures, avec un décor de même nature.

1. *Histoire du cinéma mondial*, Flammarion, 1949, p. 270.

vite retombées. Serrault, pour son compte, ne donne guère de relief à son Chouilloux. Même Toto manque d'insolence. On est encore à une époque où l'on joue vite, sans respirations, où le texte, respecté à la lettre, exclut toute initiative un peu audacieuse : on estime que les mots, à eux seuls, suffisent pour égayer sans qu'on ait besoin d'en souligner la démesure. Autre temps, autre conception de la mise en scène.

BIBLIOGRAPHIE

Œuvres de Georges Feydeau

On purge Bébé !, *L'Illustration théâtrale*, n° 157, 20 août 1910[1] (c'est la version que reproduit notre édition).

Théâtre complet en neuf volumes, préface de Marcel Achard, Éditions du Bélier, 1948-1956 (*On purge Bébé !* figure dans le tome III, 1950).

Théâtre complet en quatre volumes, introduction et notes d'Henry Gidel, Classiques Garnier, 1988-1989 (le premier volume contient une riche bibliographie ; *On purge Bébé !* figure dans le quatrième volume, 1989).

1. *On purge Bébé !* est la première pièce de Feydeau qui ait eu les honneurs de la publication. Gaston Sorbets, directeur de la publication en donne cette explication : « Il s'est produit ceci : qu'en les [ses pièces] composant et en les exécutant si parfaitement pour la scène, en en faisant des chefs-d'œuvre de ce genre comique qu'il renouvelait avec tant de prestige, il [Feydeau] leur donnait tout justement une curieuse valeur littéraire », page de garde du n° 157 de *L'Illustration théâtrale*.

Ouvrages généraux sur le comique

BERGSON Henri, *Le Rire*, F. Alcan, 1900.
VOLTZ Pierre, *La Comédie*, Armand Colin, coll. U, 1964.
DUVIGNAUD Jean, *Le Propre de l'homme, histoire du rire et de la dérision*, Hachette, 1985.
GIDEL Henry, *Le Vaudeville*, Presses Universitaires de France, coll. « Que sais-je ? », 1986.
« Le vaudeville », dossier in *Europe*, n° 786, octobre 1994.

Sur Feydeau et son époque

SARCEY Francisque, *Quarante ans de théâtre*, Bibl. des Annales, huit volumes, 1900-1901.
BRISSON Adolphe, *Portraits intimes*, t. V, Armand Colin, 1901.
CROISSET Francis de, *La Vie parisienne au théâtre*, Grasset, 1929.
VERNEUIL Louis, *Rideau à neuf heures*, t. I *(1911-1920)*, éd. des Deux-Rives, 1945.
BARRAULT Jean-Louis, *Une troupe et ses auteurs*, publication de la compagnie Renaud-Barrault / J. Vautrain, 1950.
GUILLEMINAULT Gilbert, *La Belle Époque*, Denoël, 1957.
« La Question Feydeau », in *Cahiers Renaud-Barrault*, n° 32, décembre 1960.
CASSOU Jean, « Le Génie systématique de Feydeau », in *Parti pris*, Albin Michel, 1964.
LORCEY Jacques, *Georges Feydeau*, La Table Ronde, 1972.
SHENKAN Arlette, *Georges Feydeau*, Seghers, coll. « Théâtre de tous les temps », 1972.
Cahiers du théâtre, n° 8/273, numéro spécial rédigé par Jacques Lorcey, 1973.
GIDEL Henry, *La Dramaturgie de Georges Feydeau*, deux

tomes, atelier de reproduction des thèses, Université Lille-III, Lille, 1978.
—, *Le Théâtre de Georges Feydeau*, Klincksieck, 1979.
—, *Georges Feydeau*, Flammarion, 1991.

Sur On purge Bébé !

On purge Bébé !, édition de Jasmine Zanotti-Rebellato, Hatier, 2005.

NOTES

Page 40.

1. Non seulement les indications scéniques de description du décor sont d'une minutie de notaire mais elles sont doublées, dans l'édition originale de *L'Illustration théâtrale*, d'un dessin en plan qui présente, numérotés, les divers éléments du décor, du mobilier et des accessoires.

2. « Opposer un corps dur à l'envoi des vases de nuit afin d'être sûr qu'ils se briseront » : ce conseil n'est pas une précaution inutile. Il est de fait que la porcelaine incassable existe (au moins à 80 %). La maniaquerie de Feydeau est d'autant plus justifiée qu'il arriva, lors d'une représentation, que le pot de chambre ne se casse pas. Feydeau explique comment, en ce cas, modifier le texte (voir p. 99).

Page 42.

1. Demander à une bonne qui vient de la campagne où sont les Hébrides est parfaitement invraisemblable. Mais c'est l'occasion d'un « mot » qui, à la fois fait rire et dénonce l'ignorance des bonnes (et des femmes) ; et, par rebond, celle de Follavoine.

Page 43.

1. « Bougre d'ignare » : le ton injurieux des patrons à l'égard de leur personnel est courant à l'époque.

2. Ce qui fait la signature de Feydeau et de son esprit est son aptitude à tirer d'une première source de comique le moyen d'en provoquer une seconde.

Page 44.

1. Cette scène d'exposition, qui est un pur hors-d'œuvre, a l'avantage de dessiner déjà, rapidement, le profil de Follavoine : ignorant, suffisant, brutal. La liaison avec la deuxième scène se fait tout naturellement, Julie remplaçant Rose dans le rôle de l'idiote ; mais, en faisant preuve d'intuition, Julie prépare la reprise en main de la situation.

Page 45.

1. Le lecteur lit « un seau de toilette plein d'eau » ; le spectateur, lui, voit un seau de toilette qu'on dira plus tard rempli « d'eaux sales ». Ce seau est donc marqué d'un signe négatif et déplaisant : ce qu'il contient ne peut être ragoûtant. En 1910, peu d'immeubles, même cossus, avaient le tout-à-l'égout (le principe du *tout à l'égout* et l'assainissement de la Seine avaient été décidés par une loi de juillet 1894 ; les travaux durèrent jusqu'en 1924). Les eaux sales et les déjections naturelles étaient descendues (par les bonnes évidemment !) dans les cours où elles étaient versées dans des conduites raccordées aux collecteurs souterrains enfouis sous la chaussée. Dans les grandes villes comme Paris, à la suite des travaux d'Haussmann et de Belgrand, l'hygiène était tenue pour un problème majeur et faisait l'objet de réalisations révolutionnaires ; voir, de Konstantinos Chatzis, *La Pluie, le Métro et l'Ingénieur : contribution à l'histoire de*

l'assainissement et des transports urbains (XIXe-XXe siècle), L'Harmattan, 2000.

Page 46.

1. « V'là tout » : le langage parlé par un bourgeois comme Follavoine, dans son privé, recourt à de vigoureuses élisions. Style relâché qui cohabite avec la phrase de structure savante de la réplique précédente de Julie : « Je serais seulement... » (= si seulement j'étais). L'exemple donné n'est donc qu'un signe de langue parlée car Feydeau n'y recourt qu'occasionnellement ; plus bas il écrira : « Pourquoi me les apportes-tu ? » qui relève d'un niveau soutenu du langage.

2. « Ah ! là ! c'est rien ! [...] C'est mes eaux sales » : le comique réside dans l'affirmation imperturbable (donc absurde) qu'une chose peut être autre qu'elle-même, comme si le contenant pouvait être tenu pour indépendant de son contenu. Autre exemple, encore plus net, à la scène VIII : « Je lui ai demandé de boire un verre d'Hunyadi-Janos ! Je ne lui ai pas demandé de se purger ! »

Page 47.

1. Bien que la pièce soit courte et que la scène II soit déjà bien engagée, on est encore dans l'exposition avec deux éléments d'information importants : Follavoine est fabricant de porcelaine et son fils Bébé est un écolier.

Page 48.

1. Pour alléger son récit, Follavoine instaure de courts moments de théâtre dans le théâtre propres à donner du corps à Bébé avant même qu'il apparaisse.

Page 49.

1. La bêtise et la fatuité de Follavoine prennent des proportions inquiétantes surtout si l'on veut savoir ce qu'il entend par « chercher dans la géographie ».

2. On peut très bien imaginer que ce « va-z'y voir ! » est dit sur un ton aigre et méprisant car Follavoine a laissé son fils « dans le pétrin » : première fixation du conflit sur l'enfant ; à ce titre, c'est encore un élément utile à l'exposition.

3. « Nibe » (ou nib) est un mot d'argot qui semble venir de « bernique »

Page 50.

1. Feydeau, très soucieux de fournir à ses acteurs des indications précises de placement et de déplacement divise le plateau en quatre niveaux de profondeur, de 1 (avant-scène) à 4 (le lointain). Pour les côtés cour et jardin, il continue à recourir aux mots *droite* et *gauche.* On *remonte* vers le fond et on *descend* en avant-scène.

Page 51.

1. Toute occasion est bonne pour se dire, d'avance, des méchancetés méprisantes.

Page 53.

1. C'est la première fois, et apparemment la seule, que Follavoine fait preuve de mauvaise foi, travers réservé à sa femme.

Page 54.

1. Il est évident que la référence à la lettre « Q » a tout ce qu'il faut pour choquer, en amenant la conversation, par anticipation, sur son sujet véritable. Prétexte, chez Follavoine, pour en rester là en jouant les pudeurs offensées.

Page 56.

1. On peut supposer que « peignoir sale » relève de l'injure gratuite, Julie ayant les moyens de porter du linge propre. Désir, peut-être, de la part de Feydeau, de faire « naturaliste ».

Page 57.

1. L'indignation de Julie peut faire impression sur un spectateur d'aujourd'hui qui ne saurait pas qu'en 1910, chez les bourgeois, faire soi-même le ménage de son cabinet de toilette, quand on a une bonne, est un signe de dérèglement mental tout autant que de vider soi-même ses « eaux sales ». Notons que, inconsciemment, Follavoine relance la dispute alors que sa femme (« qui était déjà sur le pas de la porte ») a épuisé ses cartouches et se prépare à rentrer dans sa chambre. C'est là encore un détail finement observé par Feydeau : ne se dominant plus, la victime de l'agression agit contre son intérêt en se donnant le plaisir d'une réplique qu'elle paiera au prix fort.

Page 58.

1. « Quatre-vingts francs par mois » est un salaire raisonnable en 1910 pour une employée de maison. Dans l'édition de 1950 du théâtre de Feydeau (t. III, Éditions du Bélier), le chiffre a été actualisé en quatre cents francs. Pour ce qui est de la condition des gens de maison, on consultera Jacques Chastenet, *Histoire de la Troisième République*, t. III, Hachette, 1955.

2. Cette précision de mouvement (comme plus bas « empêché de retirer ses papiers par le poids du seau », p. 61) révèle un don rare de metteur en scène, décomposant, au millimètre, la gestuelle de ses personnages.

Page 59.

1. Follavoine est tellement interloqué par la mauvaise foi de sa femme qu'il ne peut que répéter ses paroles et la désigner à la troisième personne (comme vient d'ailleurs de le faire Julie dans la réplique précédente) comme si tout dialogue direct était impossible entre eux.

2. Le bois de Boulogne est tellement familier aux Parisiens (par son champ de course et ses allées cavalières) que dire « le Bois » suffit.

Page 60.

1. « Au skating » : le patinage sur patins à roulettes qui se pratiquait dans des lieux aménagés à cet effet.

Page 62.

1. « C'est ainsi qu'on m'a appris à faire tout par moi-même !... et à ne compter que sur moi ! parce qu'on ne sait jamais, dans la vie, si on aura toujours des gens pour vous servir » : Julie n'est pas le sosie de Mme Feydeau, fille d'un peintre mondain et riche ; elle est plutôt une petite-bourgeoise, élevée chichement et qui a profité de l'ascenseur social par le métier de son mari : elle n'est pas une rentière.

Page 63.

1. Julie gauchit la phrase (anodine) de son mari dans le sens qui lui convient en l'accusant de sous-entendre qu'il a à se plaindre de sa mère à elle. Type de détournement imparable de l'implicite ; même réaction un peu plus bas (« comme si je ne comprenais pas [...] quand tu ne dis rien ! »).

Page 64.

1. Julie se rend bien compte qu'il n'y a pas de rapport

entre sa mère et le seau de toilette mais elle met la dérive au compte de son mari.

2. Cette fois la relance de la dispute, sur une fausse sortie de Julie, est de la responsabilité exclusive de cette dernière ; elle ne pouvait en rester là : elle a encore beaucoup à dire sur l'attitude de son mari et son hypocrisie.

Page 66.

1. « J'ai à te parler » : c'est seulement à cet instant qu'apparaît la véritable raison de la venue de Julie ; mais on n'en saura pas plus pour le moment, Julie ne répondant pas, un peu plus bas, au « Quoi, "Bébé" ? » de son mari.

Page 68.

1. Cette répétition en cascade (« Des jarretières ») est d'un effet comique sûr. Molière y recourt maintes fois (voir les répliques de Pierrot à Charlotte à l'acte II, scène 1, de *Dom Juan*).

Page 70.

1. Cette casuistique de la vérité à dire ou à ne pas dire selon les circonstances est d'un comique subtil par ce qu'elle révèle de sincérité dans le mensonge.

2. Le comique réside dans la rétention d'information : on n'invite pas ensemble les Chouilloux et l'amant parce que Chouilloux est cocu, mais parce qu'on a l'habitude de les inviter tous les trois.

Page 71.

1. On est sur le point, à nouveau, d'aborder le sujet de la venue de Julie et, à nouveau, et immédiatement, la conversation dévie.

Page 73.

1. « Il n'a pas été » : nouveau retardement de l'exposé du sujet. Le verbe *être* au sens d'*aller* et d'*aller à la selle* est un usage ancien disparu de nos jours ; Follavoine lui-même a du mal à comprendre.

Page 74.

1. *Dans les coulisses de l'histoire* est un des nombreux titres que le Docteur Cabanès (1862-1928) a consacré à la santé des personnalités de la littérature et de l'histoire. Cet ouvrage, paru en 1900 chez Albin Michel (et réédité par le même éditeur en 1945), a été suivi d'un autre, plus anecdotique, *Les Morts mystérieuses de l'histoire* paru en deux volumes en 1901 et 1911. Cette littérature pseudo-scientifique était très populaire à l'époque de Feydeau.

Page 75.

1. « Hunyadi-Janos » : c'est une marque de purgatif très connue à l'époque, « le purgatif des familles ».

Page 77.

1. Le drôle est que les deux affirmations contradictoires à propos de la mère de Julie sont situées dans le texte à une dizaine de lignes l'une de l'autre.

Page 78.

1. Expression de caviste, une bouteille qui a « de la cave » est vieille, voire très vieille : Julie, maîtresse de Louis XV, c'est un record de longévité !

Page 80.

1. Cette « nouvelle coiffure » fait penser, par anticipation, au pot de chambre que Léonie obligera son

mari à coiffer à la scène V de *Léonie est en avance*, créé en 1911.

Page 82.

1. Cette idée de fournir des vases de nuit individuels aux soldats est évidemment tout à fait farfelue. Moins bien traités que les habitants des villes, les militaires en campagne allaient faire leurs besoins dans des « feuillées » et, en casernement, dans des baraques sommaires installées dans la cour du cantonnement.

Page 83.

1. Le *Deus ex machina* est bien d'origine grecque mais l'expression est latine : elle fait allusion aux dieux (ou héros) qui, pour régler les problèmes des hommes dans certaines tragédies ou comédies (comme *Ajax* de Sophocle ou *Les Grenouilles* d'Aristophane), descendaient du toit de la *skènè* (baraque qui servait de coulisses et de loges) dans une sorte de panier, la *mèkhanè*, machine de théâtre munie d'un treuil.

Page 85.

1. « M. Thiers » : il s'agit bien entendu d'Adolphe Thiers, premier président de la IIIe République, mort en 1877.

Page 88.

1. « Chez le dentiste » : on pourrait voir là aussi une allusion, par anticipation, à *Hortense a dit : « Je m'en fous ! »*, dernière pièce de Feydeau, créée en 1916, qui se passe dans un cabinet de dentiste.

Page 89.

1. Selon Henry Gidel (*La Dramaturgie de Georges Feydeau*, atelier de reproduction des thèses, Université Lille-III,

Lille, 1978, t. 2, p. 970), ce chiffre de « trois cent mille hommes » est inexact : les effectifs de l'armée étaient supérieurs à cinq cent mille hommes.

Page 90.

1. Ce n'est pas à Julie d'aller vider le seau, comme il a été dit plus haut, p. 57, n. 1.

Page 94.

1. « Son cousin... qui marche avec elle » : étant donné le sens grivois de *marcher* (qu'il connaît), Follavoine se moque-t-il ouvertement de Chouilloux ou parle-t-il innocemment ? Il est difficile d'en décider.

Page 98.

1. « Quoique au fond rien ne vaut la porcelaine » : Follavoine fait une faute de français, *quoique* appelant le subjonctif, en tant que conjonction de subordination. Celle-ci est utilisée ici comme conjonction de coordination, ce qui est courant aujourd'hui.

Page 101.

1. « Sans changer de numéro » : il s'agit du n° 2, au milieu du plateau.

Page 104.

1. C'est seulement dans cette scène V, presque à la moitié de la pièce, que la pièce commence à mériter son titre. Preuve que Toto est le déclencheur d'une nouvelle catastrophe (Follavoine perd la face, socialement et économiquement devant Chouilloux), elle-même conséquence de la débâcle conjugale déjà largement exploitée dans les scènes précédentes.

Page 108.

1. La ville de Plombières est une ville de cure. Tout comme Châtel-Guyon, un peu plus bas.

Page 109.

1. La conversation sur les effets variés de « l'entérite relâchée » et de la constipation banale a perdu, pour les spectateurs d'aujourd'hui, sa saveur transgressive, alors que pour ceux de 1910 il fallait, comme Chouilloux, s'excuser de simplement prononcer le mot *constipation.*

Page 111.

1. La scène VI est une scène de répit, de relâche, qui permet à Follavoine de rétablir la bonne humeur et d'effacer les impolitesses de sa femme. Le contretemps des pots cassés est également oublié. Tout semble donc prêt pour un dénouement sans force, mais Toto survient : c'est bien là un coup de théâtre, rompant brutalement l'atmosphère sereine à peine instaurée.

2. Essayant de valoriser sa femme — pour excuser sa tenue, Follavoine en arrive à dire n'importe quoi : les bigoudis sont faits pour faire friser les cheveux plats. Or Mme Follavoine frise naturellement !

Page 117.

1. La langue de Toto est noire, sans doute « parce qu'il a travaillé », en suçant sa plume trempée dans l'encre.

Page 133.

1. Le « c'est faux » est d'un comique raffiné. Follavoine ne corrige pas l'impair de sa femme en suggérant qu'elle dit n'importe quoi, mais avec un « c'est faux » qui laisse entendre qu'il sait la vérité, que le cocuage de Chouilloux est un sujet dont on cause et qu'il n'y a pas

de fumée sans feu. Toutes choses qui l'enferrent et jettent le soupçon sur la conduite de Clémence Chouilloux.

Page 143.

1. Cette façon de raisonner (« Si tu n'avais pas invité tous ces gens-là à déjeuner… »), si aberrante soit-elle, est tout à fait usuelle : elle consiste à rapprocher indûment une cause première et lointaine avec une conséquence dernière et présente, sans se soucier des étapes intermédiaires qui, normalement, font dériver plus ou moins logiquement la démonstration d'un attendu à l'autre. Selon la forme du raisonnement de Julie, n'importe quelle conséquence peut résulter de n'importe quelle cause avec un semblant de rationalité.

Page 144.

1. La purge est la forme métonymique du poison et du suicide qui s'ensuit puisque Follavoine quitte définitivement sa maison à la scène suivante et finale.

RÉSUMÉ

La pièce semble partir très loin du conflit central, par un échange géographico-orthographique entre la bonne Rose et son patron Bastien Follavoine : où se trouvent donc situées les îles Hébrides ? Pas moyen de le savoir ! (scène I). Ils n'ont pas le loisir de pousser plus loin l'enquête que Julie, épouse de Follavoine, surgit « en trombe » pour une demande pressante et, immédiatement, le ton monte : Julie Follavoine et son mari ne se supportent plus. Il suffit que Monsieur refuse d'obtempérer, toutes affaires cessantes, à la demande de sa femme, pour que la bagarre s'enclenche. À nouveau à propos des Hébrides dont il faut découvrir où elles nichent pour aider Toto à faire ses devoirs. Déjà les traits de caractère de l'un et de l'autre se dessinent, péremptoires et vaniteux d'un côté, sarcastiques et rageurs de l'autre. Se détournant de la géographie, ils sont près d'en venir aux mains pour ce qui va, un long temps, devenir le vrai sujet du conflit, le « seau d'eaux sales » que Julie transporte partout avec elle, notamment dans le cabinet de travail de son mari. Au fait, que voulait donc Julie quand elle a surgi ?

On ne le saura que tardivement car elle n'en finit pas d'égrener ses griefs : son mari est un menteur ; c'est un ingrat doublé d'un ladre qui reproche à sa femme son sens de l'économie ; c'est un minable fabricant de pots de chambre ; c'est un mauvais (voire un trop bon) gendre ; surtout c'est un mauvais père indifférent au sort de son fils Hervé, dit Bébé, dit Toto, lequel, on l'apprendra vers la fin de cette scène II, souffre de constipation. Il faudrait le purger mais comment faire, Julie ne supportant pas, quant à elle, l'huile de ricin qui ne répugne pourtant pas à Toto ; il appartient à son mari, estime-t-elle, de prendre les choses en main et de s'occuper de son fils. Pendant toute cette discussion, la tension a été entretenue par Follavoine, outré de voir sa femme, à onze heures du matin, se promener en négligé, en bigoudis, son seau de toilette à la main, alors qu'il attend une visite importante qui a des chances de donner un coup de pouce décisif à sa carrière d'industriel de la porcelaine : il ne s'agit rien de moins que d'équiper l'armée française en pots de chambre !

Justement le *Deus ex machina*, artisan éventuel de cette promotion, sonne à la porte : la scène III, très courte, hisse le combat autour du seau de toilette (sortira, sortira pas du cabinet de travail ?) à un haut degré de violence, Follavoine incapable de manifester à l'égard de sa femme l'autorité que cette dernière lui demande d'exercer à l'endroit de Toto, pour qu'il accepte de se purger.

Follavoine n'a pas le temps de lancer à sa femme une de ses phrases furibondes qu'entre Adhéaume Chouilloux, chargé au ministère de la Guerre d'organiser les adjudications pour un marché de trois cent mille vases de nuit. Bien que les formes de la politesse soient quelque peu malmenées, les deux hommes passent aux choses sérieuses et font subir au pot de chambre un test de solidité qui se révèle concluant… dans le mauvais sens : les deux exemplaires cobayes se cassent, sans que cela ait l'air d'émouvoir outre mesure l'industriel et l'acheteur éventuel (scène IV).

Julie revient à l'attaque, dans une tenue toujours aussi négligée, et supplie son mari de venir purger Bébé. Chouilloux, par courtoisie, se laisse embarquer dans une conversation où l'on discute effets plus ou moins graves d'entérites plus ou moins astringentes, où l'on compare remèdes et cures en villes d'eaux, où déjà Julie, rogue, se révèle à la limite de la grossièreté à l'égard de son hôte. Follavoine parvient néanmoins à la renvoyer dans sa chambre pour s'occuper elle-même de Toto (scène V). Il engage alors avec Chouilloux une conversation complice, entre hommes, faite pour reconstituer un front commun des mâles contre les femmes et leurs caprices (scène VI).

Ils n'ont guère le temps de s'esclaffer : Julie survient brusquement, tirant par la main son fils, ce Bébé qui va se révéler un horrible jojo, grossier et buté, grommelant avec obstination son refus de se purger. Julie embarque Chouilloux dans l'entreprise. Lui, au début plein de bonne volonté faussement paternelle, joue au médecin avec Toto mais refuse tout net de satisfaire à la demande du garnement qui, insolent, veut que ce soit lui et non son père qui prenne la purge... pour le soutenir moralement (scène VII presque jusqu'à la fin).

Situation bloquée. Sinon que Julie, furieuse du peu de soutien de Chouilloux, le traite de cocu, révélation qui le fait étouffer de rage et lui fait avaler, pour dénouer son angoisse, le verre de purge destiné à Toto (fin de la scène VII). Chouilloux bondit hors de la pièce pour se libérer des effets du médicament. C'est une catastrophe générale que Follavoine, effondré, commente à la scène VIII devant sa femme nullement repentante de sa conduite et de ses paroles blessantes. Sur ces entrefaites surviennent à la scène IX, la bouche en cœur, Clémence

Chouilloux et son cousin-amant Horace Truchet, invités également à déjeuner par Follavoine. Chouilloux, revenu du cabinet de toilette, rentre furieux, maudit sa femme, provoque le cousin en duel : ils sortent tous, laissant sur place un Follavoine mortifié (giflé et provoqué en duel par Truchet) aux prises avec une Julie plus remontée que jamais contre son mari, tenu pour responsable de tout (scène X).

Toto triomphe : il ment avec aplomb, prétendant avoir bu un autre verre de la purge que son père avait, comme Chouilloux, avalée sous le coup de l'indignation. Bébé règne sur le désastre et se réfugie comme un bon petit dans le giron de sa maman, tandis que le malheureux Follavoine, bafoué par tous, quitte définitivement le domicile conjugal (scène XI).

DOSSIER

DU MÊME AUTEUR

Dans la même collection

LE DINDON. *Édition présentée et établie par Robert Abirached.*

LA DAME DE CHEZ MAXIM. *Édition présentée et établie par Michel Corvin.*

COLLECTION FOLIO THÉÂTRE

1. Pierre CORNEILLE : *Le Cid*. Édition présentée et établie par Jean Serroy.
2. Jules ROMAINS : *Knock*. Édition présentée et établie par Annie Angremy.
3. MOLIÈRE : *L'Avare*. Édition présentée et établie par Jacques Chupeau.
4. Eugène IONESCO : *La Cantatrice chauve*. Édition présentée et établie par Emmanuel Jacquart.
5. Nathalie SARRAUTE : *Le Silence*. Édition présentée et établie par Arnaud Rykner.
6. Albert CAMUS : *Caligula*. Édition présentée et établie par Pierre-Louis Rey.
7. Paul CLAUDEL : *L'Annonce faite à Marie*. Édition présentée et établie par Michel Autrand.
8. William SHAKESPEARE : *Le Roi Lear*. Édition de Gisèle Venet. Traduction nouvelle de Jean-Michel Déprats.
9. MARIVAUX : *Le Jeu de l'amour et du hasard*. Préface de Catherine Naugrette-Christophe. Édition de Jean-Paul Sermain.
10. Pierre CORNEILLE : *Cinna*. Édition présentée et établie par Georges Forestier.
11. Eugène IONESCO : *La Leçon*. Édition présentée et établie par Emmanuel Jacquart.
12. Alfred de MUSSET : *On ne badine pas avec l'amour*. Édition présentée et établie par Simon Jeune.
13. Jean RACINE : *Andromaque*. Préface de Raymond Picard. Édition de Jean-Pierre Collinet.
14. Jean COCTEAU : *Les Parents terribles*. Édition présentée et établie par Jean Touzot.
15. Jean RACINE : *Bérénice*. Édition présentée et établie par Richard Parish.

16. Pierre CORNEILLE : *Horace.* Édition présentée et établie par Jean-Pierre Chauveau.

17. Paul CLAUDEL : *Partage de Midi.* Édition présentée et établie par Gérald Antoine.

18. Albert CAMUS : *Le Malentendu.* Édition présentée et établie par Pierre Louis Rey.

19. William SHAKESPEARE : *Jules César.* Préface et traduction d'Yves Bonnefoy.

20. Victor HUGO : *Hernani.* Édition présentée et établie par Yves Gohin.

21. Ivan TOURGUÉNIEV : *Un mois à la campagne.* Édition de Françoise Flamant. Traduction de Denis Roche.

22. Eugène LABICHE : *Brûlons Voltaire!* précédé de *Un monsieur qui a brûlé une dame, La Dame aux jambes d'azur, L'Amour, un fort volume, prix 3F 50C, La Main leste, Le Cachemire X. B. T.* Édition présentée et établie par Olivier Barrot et Raymond Chirat.

23. Jean RACINE : *Phèdre.* Édition présentée et établie par Christian Delmas et Georges Forestier.

24. Jean RACINE : *Bajazet.* Édition présentée et établie par Christian Delmas.

25. Jean RACINE : *Britannicus.* Édition présentée et établie par Georges Forestier.

26. GOETHE : *Faust.* Préface de Claude David. Traduction nouvelle de Jean Amsler. Notes de Pierre Grappin.

27. William SHAKESPEARE : *Tout est bien qui finit bien.* Édition de Gisèle Venet. Traduction nouvelle de Jean-Michel Déprats et Jean-Pierre Vincent.

28. MOLIÈRE : *Le Misanthrope.* Édition présentée et établie par Jacques Chupeau.

29. BEAUMARCHAIS : *Le Barbier de Séville.* Édition présentée et établie par Françoise Bagot et Michel Kail.

30. BEAUMARCHAIS : *Le Mariage de Figaro.* Édition présentée et établie par Françoise Bagot et Michel Kail.

31. Richard WAGNER : *Tristan et Isolde.* Préface de Pierre Boulez. Traduction nouvelle d'André Miquel. Édition bilingue.

32. Eugène IONESCO : *Les Chaises.* Édition présentée et établie par Michel Lioure.

33. William SHAKESPEARE : *Le Conte d'hiver.* Préface et traduction d'Yves Bonnefoy.

34. Pierre CORNEILLE : *Polyeucte.* Édition présentée et établie par Patrick Dandrey.

35. Jacques AUDIBERTI : *Le mal court.* Édition présentée et établie par Jeanyves Guérin.

36. Pedro CALDERÓN DE LA BARCA : *La vie est un songe.* Traduction nouvelle et notes de Lucien Dupuis. Préface et dossier de Marc Vitse.

37. Victor HUGO : *Ruy Blas.* Édition présentée et établie par Patrick Berthier.

38. MOLIÈRE : *Le Tartuffe.* Édition présentée et établie par Jean Serroy.

39. MARIVAUX : *Les Fausses Confidences.* Édition présentée et établie par Michel Gilot.

40. Hugo von HOFMANNSTHAL : *Le Chevalier à la rose.* Édition de Jacques Le Rider. Traduction de Jacqueline Verdeaux.

41. Paul CLAUDEL : *Le Soulier de satin.* Édition présentée et établie par Michel Autrand.

42. Eugène IONESCO : *Le Roi se meurt.* Édition présentée et établie par Gilles Ernst.

43. William SHAKESPEARE : *La Tempête.* Préface et traduction nouvelle d'Yves Bonnefoy. Édition bilingue.

44. William SHAKESPEARE : *Richard II.* Édition de Margaret Jones-Davies. Traduction nouvelle de Jean-Michel Déprats. Édition bilingue.

45. MOLIÈRE : *Les Précieuses ridicules.* Édition présentée et établie par Jacques Chupeau.

46. MARIVAUX : *Le Triomphe de l'amour.* Édition présentée et établie par Henri Coulet.

47. MOLIÈRE : *Dom Juan.* Édition présentée et établie par Georges Couton.

48. MOLIÈRE : *Le Bourgeois gentilhomme.* Édition présentée et établie par Jean Serroy.

49. Luigi PIRANDELLO : *Henri IV.* Édition de Robert Abirached. Traduction de Michel Arnaud.

50. Jean COCTEAU : *Bacchus.* Édition présentée et établie par Jean Touzot.

51. John FORD : *Dommage que ce soit une putain.* Édition de Gisèle Venet. Traduction nouvelle de Jean-Michel Déprats.

52. Albert CAMUS : *L'État de siège.* Édition présentée et établie par Pierre- Louis Rey.

53. Eugène IONESCO : *Rhinocéros.* Édition présentée et établie par Emmanuel Jacquart.

54. Jean RACINE : *Iphigénie.* Édition présentée et établie par Georges Forestier.

55. Jean GENET : *Les Bonnes.* Édition présentée et établie par Michel Corvin.

56. Jean RACINE : *Mithridate.* Édition présentée et établie par Georges Forestier.

57. Jean RACINE : *Athalie.* Édition présentée et établie par Georges Forestier.

58. Pierre CORNEILLE : *Suréna.* Édition présentée et établie par Jean-Pierre Chauveau.

59. William SHAKESPEARE : *Henry V.* Édition de Gisèle Venet. Traduction nouvelle de Jean-Michel Déprats. Édition bilingue.

60. Nathalie SARRAUTE : *Pour un oui ou pour un non.* Édition présentée et établie par Arnaud Rykner.

61. William SHAKESPEARE : *Antoine et Cléopâtre.* Préface et traduction nouvelle d'Yves Bonnefoy. Édition bilingue.

62. Roger VITRAC : *Victor ou les enfants au pouvoir.* Édition présentée et établie par Marie-Claude Hubert.

63. Nathalie SARRAUTE : *C'est beau.* Édition présentée et établie par Arnaud Rykner.

64. Pierre CORNEILLE : *Le Menteur. La Suite du Menteur.* Édition présentée et établie par Jean Serroy.

65. MARIVAUX : *La Double Inconstance.* Édition présentée et établie par Françoise Rubellin.

66. Nathalie SARRAUTE : *Elle est là.* Édition présentée et établie par Arnaud Rykner.

67. Oscar WILDE : *L'Éventail de Lady Windermere.* Édition de Gisèle Venet. Traduction de Jean-Michel Déprats.

68. Eugène IONESCO : *Victimes du devoir.* Édition présentée et établie par Gilles Ernst.

69. Jean GENET : *Les Paravents.* Édition présentée et établie par Michel Corvin.

70. William SHAKESPEARE : *Othello.* Préface et traduction nouvelle d'Yves Bonnefoy. Édition bilingue.

71. Georges FEYDEAU : *Le Dindon.* Édition présentée et établie par Robert Abirached.

72. Alfred de VIGNY : *Chatterton.* Édition présentée et établie par Pierre- Louis Rey.

73. Alfred de MUSSET : *Les Caprices de Marianne.* Édition présentée et établie par Frank Lestringant.

74. Jean GENET : *Le Balcon.* Édition présentée et établie par Michel Corvin.

75. Alexandre DUMAS : *Antony.* Édition présentée et établie par Pierre-Louis Rey.

76. MOLIÈRE : *L'Étourdi.* Édition présentée et établie par Patrick Dandrey.

77. Arthur ADAMOV : *La Parodie.* Édition présentée et établie par Marie-Claude Hubert.

78. Eugène LABICHE : *Le Voyage de Monsieur Perrichon.* Édition présentée et établie par Bernard Masson.

79. Michel de GHELDERODE : *La Balade du Grand Macabre.* Préface de Guy Goffette. Édition de Jacqueline Blancart-Cassou.

80. Alain-René LESAGE : *Turcaret.* Édition présentée et établie par Pierre Frantz.

81. William SHAKESPEARE : *Le Songe d'une nuit d'été.* Édition de Gisèle Venet. Traduction de Jean-Michel Déprats. Édition bilingue.

82. Eugène IONESCO : *Tueur sans gages.* Édition présentée et établie par Gilles Ernst.

83. MARIVAUX : *L'Épreuve.* Édition présentée et établie par Henri Coulet.

84. Alfred de MUSSET : *Fantasio.* Édition présentée et établie par Frank Lestringant.

85. Friedrich von SCHILLER : *Don Carlos.* Édition de Jean-Louis Backès. Traduction de Xavier Marmier, revue par Jean-Louis Backès.

86. William SHAKESPEARE : *Hamlet.* Édition de Gisèle Venet. Traduction de Jean-Michel Déprats. Édition bilingue.

87. Roland DUBILLARD : *Naïves hirondelles.* Édition présentée et établie par Michel Corvin.

88. Édouard BOURDET : *Vient de paraître.* Édition présentée et établie par Olivier Barrot et Raymond Chirat.

89. Pierre CORNEILLE : *Rodogune.* Édition présentée et établie par Jean Serroy.

90. MOLIÈRE : *Sganarelle.* Édition présentée et établie par Patrick Dandrey.

91. Michel de GHELDERODE : *Escurial* suivi de *Hop signor!* Édition présentée et établie par Jacqueline Blancart-Cassou.

92. MOLIÈRE : *Les Fâcheux.* Édition présentée et établie par Jean Serroy.

93. Paul CLAUDEL : *Le Livre de Christophe Colomb.* Édition présentée et établie par Michel Lioure.

94. Jean GENET : *Les Nègres.* Édition présentée et établie par Michel Corvin.

95. Nathalie SARRAUTE : *Le Mensonge.* Édition présentée et établie par Arnaud Rykner.

96. Paul CLAUDEL : *Tête d'Or*. Édition présentée et établie par Michel Lioure.

97. MARIVAUX : *La Surprise de l'amour* suivi de *La Seconde Surprise de l'amour*. Édition présentée et établie par Henri Coulet.

98. Jean GENET : *Haute surveillance*. Édition présentée et établie par Michel Corvin.

99. LESSING : *Nathan le Sage*. Édition et traduction nouvelle de Dominique Lurcel.

100. Henry de MONTHERLANT : *La Reine morte*. Édition présentée et établie par Marie-Claude Hubert.

101. Pierre CORNEILLE : *La Place Royale*. Édition présentée et établie par Jean Serroy.

102. Luigi PIRANDELLO : *Chacun à sa manière*. Édition de Mario Fusco. Traduction de Michel Arnaud.

103. Jean RACINE : *Les Plaideurs*. Édition présentée et établie par Georges Forestier.

104. Jean RACINE : *Esther*. Édition présentée et établie par Georges Forestier.

105. Jean ANOUILH : *Le Voyageur sans bagage*. Édition présentée et établie par Bernard Beugnot.

106. Robert GARNIER : *Les Juives*. Édition présentée et établie par Michel Jeanneret.

107. Alexandre OSTROVSKI : *L'Orage*. Édition et traduction nouvelle de Françoise Flamant.

108. Nathalie SARRAUTE : *Isma*. Édition présentée et établie par Arnaud Rykner.

109. Victor HUGO : *Lucrèce Borgia*. Édition présentée et établie par Clélia Anfray.

110. Jean ANOUILH : *La Sauvage*. Édition présentée et établie par Bernard Beugnot.

111. Albert CAMUS : *Les Justes*. Édition présentée et établie par Pierre-Louis Rey.

112. Alfred de MUSSET : *Lorenzaccio*. Édition présentée et établie par Bertrand Marchal.

113. MARIVAUX : *Les Sincères* suivi de *Les Acteurs de bonne foi.* Édition présentée et établie par Henri Coulet.

114. Eugène IONESCO : *Jacques ou la Soumission* suivi de *L'avenir est dans les œufs.* Édition présentée et établie par Marie-Claude Hubert.

115. Marguerite DURAS : *Le Square.* Édition présentée et établie par Arnaud Rykner.

116. William SHAKESPEARE : *Le Marchand de Venise.* Édition de Gisèle Venet. Traduction de Jean-Michel Déprats. Édition bilingue.

117. Valère NOVARINA : *L'Acte inconnu.* Édition présentée et établie par Michel Corvin.

118. Pierre CORNEILLE : *Nicomède.* Édition présentée et établie par Jean Serroy.

119. Jean GENET : *Le Bagne.* Préface de Michel Corvin. Édition de Michel Corvin et Albert Dichy.

120. Eugène LABICHE : *Un chapeau de paille d'Italie.* Édition présentée et établie par Robert Abirached.

121. Eugène IONESCO : *Macbett.* Édition présentée et établie par Marie-Claude Hubert.

122. Victor HUGO : *Le Roi s'amuse.* Édition présentée et établie par Clélia Anfray.

123. Albert CAMUS : *Les Possédés* (adaptation du roman de Dostoïevski). Édition présentée et établie par Pierre-Louis Rey.

124. Jean ANOUILH : *Becket ou l'Honneur de Dieu.* Édition présentée et établie par Bernard Beugnot.

125. Alfred de MUSSET : *On ne badine pas avec l'amour.* Édition présentée et établie par Bertrand Marchal.

126. Alfred de MUSSET : *La Nuit vénitienne. Le Chandelier. Un caprice. Il faut qu'une porte soit ouverte ou fermée.* Édition présentée et établie par Frank Lestringant.

127. Jean GENET : *Splendid's* suivi de *« Elle ».* Édition présentée et établie par Michel Corvin.

128. Alfred de MUSSET : *Il ne faut jurer de rien* suivi de *On*

ne saurait penser à tout. Édition présentée et établie par Sylvain Ledde.

129. Jean RACINE : *La Thébaïde ou les Frères ennemis.* Édition présentée et établie par Georges Forestier.
130. Georg BÜCHNER : *Woyzeck.* Édition de Patrice Pavis. Traduction de Philippe Ivernel et Patrice Pavis. Édition bilingue.
131. Paul CLAUDEL : *L'Échange.* Édition présentée et établie par Michel Lioure.
132. SOPHOCLE : *Antigone.* Préface de Jean-Louis Backès. Traduction de Jean Grosjean. Notes de Raphaël Dreyfus.
133. Antonin ARTAUD : *Les Cenci.* Édition présentée et établie par Michel Corvin.
134. Georges FEYDEAU : *La Dame de chez Maxim.* Édition présentée et établie par Michel Corvin.
135. LOPE DE VEGA : *Le Chien du jardinier.* Traduction et édition de Frédéric Serralta.
136. Arthur ADAMOV : *Le Ping-Pong.* Édition présentée et établie par Gilles Ernst.
137. Marguerite DURAS : *Des journées entières dans les arbres.* Édition présentée et établie par Arnaud Rykner.
138. Denis DIDEROT : *Est-il bon ? Est-il méchant ?* Édition présentée et établie par Pierre Frantz.
139. Valère NOVARINA : *L'Opérette imaginaire.* Édition présentée et établie par Michel Corvin.
140. James JOYCE : *Exils.* Édition de Jean-Michel Rabaté. Traduction de Jean-Michel Déprats.

Composition Interligne.
Impression CPI Bussière
à Saint-Amand (Cher), le 3 septembre 2012.
Dépôt légal : septembre 2012.
Numéro d'imprimeur : 123109/1.
ISBN 978-2-07-044899-9./Imprimé en France.

245374